KARL HEINZ SCHUMACHER

MINSCHE WIE DU ON ICH

GESAMMELTE GLOSSEN DES HERRN JEDÖNSRAT

Eine Auswahl der Kolumnen „ONGER OS"
und Interviews aus den
Jülicher Nachrichten und der Jülicher Zeitung

Karl Heinz Schumacher
„Herr Jedönsrat"

1. Auflage 2020
ISBN 978-3-925929-77-9

Satz, Gestaltung und Gesamtumsetzung: Ben Schumacher
Lektorat und Korrektorat: Eva Mischke
Fotos Buchcover: Ben Schumacher, privat
Fotos im Buch: Guido Jansen, Sandra Kinkel, Burkhard Giesen, Caroline Niehus
Druck und Verarbeitung: Rautenberg Media KG, Troisdorf

Copyright: Karl Heinz Schumacher / Medienhaus Aachen GmbH

Die vorliegende Publikation ist in allen seinen Teilen urheberrechtlich geschützt. Eine Verwertung ist ohne Zustimmung des Herausgebers unzulässig. Dies gilt insbesondere für die Verfielfältigungen, Übersetzung oder die Verwendung in elektronischen Systemen.

Die Verantwortung für den Inhalt und die sprachliche Form der Beiträge liegt bei dem Verfasser. Die Handlung und alle handelnden Personen sind frei erfunden. Jegliche Ähnlichkeit mit lebenden oder realen Personen wären rein zufällig.

Die Informationen in diesem Buch wurden mit größter Sorgfalt erarbeitet. Dennoch können Fehler nicht vollständig ausgeschlossen werden. Verlag und Autor übernehmen keine juristische Verantwortung oder irgendeine Haftung für eventuell verbliebende Fehler und deren Folgen.

Die Mundart-Glossen des Herrn Jedönsrat sind das ABC des typisch rheinischen Humors. Kaum weniger dienen die wahren und unwahren Geschichten als Reiseführer durch grundverschiedene Zeiten - von Adam und Eva unter dem Baum der Erkenntnis bis in die Gegenwart bei Hempels unterm Sofa. Insbesondere vermögen die pointierten Episoden das regionale Sprachgut nahe zu bringen und zu erhalten, den Charakter sowie die Mentalität der „Minsche wie du on ich" in der Jülicher Börde zu vermitteln.

Mit freundlicher Unterstützung der  Sparkasse Düren

Beim Dialekt fängt die gesprochene Sprache erst an.
(Christian Morgenstern)

INHALT

Vorwort	9
All aan eenem Seel	10
Ä Kröösje em Heu	12
Äsu jeht et net wigger	14
Beij Naat on Nievel afjehaue	16
Ex-Kreisdirektor Georg Beyß segelt in den Unruhestand	18
Boulauch em Sommerlauch	20
Dat juck mich net!	22
Dat Kenk jeht zor Kommelijuen	24
Dä Duet van en Scheldluus	26
Dä Eier em Büll	28
Dä Famellisch jeht schwemme	30
Dä ieschte Pries	32
Dä Jüdde send schold	34
Dä Kuddelmuddel es am Eng	36
Sachverständiger Gutachter klopft auf Holz	38
Dä Landroot em Sturm	40
Dä Pohl usmääße	42
Dä Sonnesching em Huus	44
Dä Spellmannszoch widd 90	46
En dä Kapell ä Käezje opstelle	48
En Noss zo knacke	50
En Pill för dä Mann	52
Et es noch Äezezupp do	54
Et letzte Stöndche schläät	56
Der Herr Jedönsrat trifft…	58

Fachlü för alles	60
För ene Appel on ä Ei	62
För et Protekoll	64
Hee kammer jet liehre	66
Hellep os en dä Nuet!	68
Ieschtens, zweidens on dreijdens	70
Ieschte Höllep jejovve	72
Jede Wääch däsälleve Kwäss	74
Jeld ussem Fenster werpe	76
Peter Jöcken (†) beichtet dem Herrn Jedönsrat…	78
Jott on dä Welt on Jülich	80
Kaffe, Kooch on kattolisch	82
Kee Schöferstöndche	84
op´m Sonndaach	84
Koppel, Kapp on Kackmontur	86
Kott noh Kruckhuuse	88
Leev Chresskenk…	90
Leever äsu eröm wie äsu eröm	92
Mer hant et Strüe em Stall jelaat	94
Mer spreische Platt, angere platter	96
Hat ein Richter eigentlich immer Recht?	98
Met blau Oore	100
Met ene joldene Löffel en dä Mull	102
Met ´m Lating noch net am Eng	104
Met Seefepollever noh Paris	106
Minge ieschte Schölldaach	108
Nee, dä Jurend van hü!	110
Nee, wat för ´ne Zirkus!	112
Net janz usjerief	114
Noh dä Naatschisch	116
Nicht nur über eine Bilanz mit Zahlen, Ziffern…	118

Och, dat ooch noch!	120
Op ee Ooch blenk	122
Öm Joddes Welle!	124
Övver sebbe Bröcke moss de jonn	126
Pilledriehener on Präedijer	128
Polisse jriefe dörsch	130
Puddelrühe en dä Düür	132
Redaktöör prööf Jedönsrat	134
Sabbere, jrunze on stenke	136
Bei Heinrich Oidtmann ins Glas geschaut	138
Se hat jet aan dä Föß	140
Seng, wemm Jesang jejovve	142
Schläete Jrosches onger sich	144
Trecke, doije, schruvve on kloppe	146
Uere spetze beijm Nöijjohrskonzeet	148
Üesterlich opjedöijsch	150
Ussem Lamäng präedije	152
Van Jülich övver Paris noh Hawei	154
Van dä Ruubröck en et Roothuus	156
Was Kunst ist…,	158
Van 0 op 100 en 15 Minütte	160
Verdriehent, verknöpp, verkammesöhlt	162
Völl Wengk öm Mäel	164
Völl Wengk öm ä Nonnefötzje	166
Vör dä Düür kehre	168
Wännläpper send ongerwääs	170
Wasser op dä Möll	172
Wat es kromm?	174
Wat för ä Theater	176
Wo der Nikolaus in Jülich seinen Rentierschlitten parkt…,	178
Wat haste jesaat?	180

Wemmer en Rees määt…	182
Wenn et zwöllef schläät	184
Wer Jeff on Jall spöijt	186
Wievöll Uher hammer?	188
Wo jeht et hee noh Jievenich?	190
Wo mer Wozzele schläät	192
www.ming-masching.de	194
Zo heeß jebadt	196
„Lieber Stammtisch als chaotisch", meint Mundartfreund…	198
Zwei Ponk Äppel	200
Zweimol dä Wääch ä Fisternöllche	202
Zwöllefhondertdusend	204
Danksagung	207

Vorwort

„Die Gerüchteküche ist gleich hinter dem Geredeschuppen", äußert sich der Herr Jedönsrat, alias Karl Heinz Schumacher, über seine mehr als 550 Zeitungsglossen.

Seine „Verzällches" nehmen das Wesen sowie die Marotten des Rur-, Inde- und des Rheinländers aufs Korn. Der Autor entpuppt sich nicht nur als Reiseleiter durch die heimische, rheinische Sprache, sondern ebenso als Führer durch historische Zeiten. Seine Mundart-Geschichtchen aus der Geschichte beginnen in der Tat schon mal bei Adam und Eva, führen über den Turmbau zu Babel durchs Mittelalter bis in die Gegenwart. Mit viel Humor, Esprit und spitzfindigen Feinheiten legt er die rheinische Seele offen.

Dazu scheinen ihm vorwiegend Geschehnisse und Vorfälle im Jülicher Land geeignet. Frei erfundene Szenerien wechseln sich mit tatsächlichen Ereignissen ab und sie sind stets mit einem Augenzwinkern geschildert. „Dialekt ist, wenn die Sprache barfuß geht", besagt eine alte Weisheit. Dem Herrn Jedönsrat seine Texte kommen „op bläcke Fööß" daher. In „Minsche wie du on ich" stellt Karl Heinz Schumacher zudem in Auszügen kurzweilige Zeitungsinterviews von Persönlichkeiten aus der Region vor.

Volker Uerlings
Leiter der Lokalredaktion Düren
Koordinator der vier Tageszeitungen im Kreis Düren

A B C D E F G H I J K L M N O P Q R S T U V W X Y Z

ALL AAN EENEM SEEL

Vahsens Will – ad iewisch Rentner – stüss zofällisch op´m Trottewar op dä Sonn van sing Schwester. „Ahh, Rollef, sitt mer dich ooch noch ens? Seitdemm du dä Betrieb has, haste wahl kenn Zick mieh, wa?! Du hötts doch zomindes ens op dä Jebuuetsdaach van ding Omma komme könne." Dä Neffe Rollef kick et schläet Jewesse ad us dä Knoofläucher, hä weeß evver jet zo sing Entschöldijing beijzodraare. „Ohm Willi, jöss aan demm Samsdaach on ooch aan dä Sonndaach woor ich met ming janze Beleeschaff en Dormaren op en Mänädscherschulong. Afsaare jing net mieh, weil mer dat ad vör secks Mont jebuch hodde."

Onjläubisch schöddelt dä alde Vahsen met´m Kopp. Wat soll et dann samsdaachs on sonndaachs ad för en Schöll jevve, spöijt hä jeftisch us: „Veraasche kann ich mich sällever. Övverlegg mar ens, of Omma villeich näks Johr noch ens Jebuuetsdaach fiere kann." Hüüzodaach wüüer et onömjänglich met dä Beschäftischte af on zo ´Teambuilding-Events´ zo maache, explezeet dä Neffe. Onkel Willi krömmp sich wie ä Froorezeijche: „Wat es dat dann wier för ene Kokolores, ´Tiimbeldongs-Ivents´? Ich weeß suwiesue net, wat du eejentlich met ding Firma määs…"

Finkens Rollef klopp singe Üem op dä Scholder: „Komm doch ens vörbeij. Ich zeesch dich, wat sonn Informatijuenstechnolojie bedügg on wat mer do övverhaup donnt." Will nemmp die Enladong jeer aan, hook evver däräk noh, wat dat met dä Schöll Engs dä Wääch zo donn hött. Jedöldisch versöök Rollef dä Üem en et Beld zo setze: „Dat es en Schulong, kenn Schöll. Dä Kolleje on ich liehre do, noch besser, noch enger zosammezowirke. Motivatzijuen on Kommenikatzijuen kritt mer en sonn Kurse beijjebraat. Wenn ich dich demmnäks em Betrieb ronkföhr, kann ich dich ooch ä Filmche dodrövver zeeje." Hä ongerbrich sich, strich sich övver dä Baatstoppele, meent: „Äääh… villeich es dä Film sujar spannend vör dich. Os es beij en Übong nämlich ene Onfall passeet. Mer moote os met dä janze Mannschaff – met mich semmer nüng – met dä Häng aan ä Seel fasshalde, wat aan ä huch Jeröss 3 Meter övver dä Äed hong. Jetz fong dä Streck allerdengs noh ä paah Sekunde oeve aan zo rieße.

Nüng Mann woore zo schwoor. Domet se net all deep eravfalle, moot jo eene dat Seel loslosse, öm die angere zo rette." Üem Willi kritt füschde Häng, schnapp noh Luff: „Mariejedeijes! Ene Krimi, ene ´Tatort´, es jo nix doschään. – Ä Jlöck, du bes onverletz, wie ich senn." „Jo", widd Rollef ärrens, „mer hant dat minge ieschte Enschinöör, dä nu em Krankehuus legg, zo verdanke. Wie hä met os all am Streck hong, hen on her am schockele woor, roofet hä: ´Mer mösse en jede Situwatzijuen zosammestonn on emmer volle Ensatz för dä Firma jevve!´

Hä hat dat Seel loosjelosse on es en sieh Onjlöck jespronge. Bes op mich hant alle Kolleeje bejeistert en dä Häng jeklatsch. – Se hant allemol dä Krankesching."

Ä Kröösje em Heu

Johannes Dammeier, fröhsch van se all et „Schängsche" jeroofe, es enzwesche zo ene staatse Schäng eraanjewaaße. Hä es et veede Kenk, dä zweide Sonn, vam Buur Dammeiisch Fritz on sing Frau Bertha. Weil dä älste Sonn Sieschfried spööder dä Hoff övvernämme widd, daaf et Schängsche stodeere jonn. Papp on Mamm hödde jeer jesenn, wenn Johannes dä Kirech deene wüüed, wenn hä Pastuer widd. „Nee, op kenne Fall weed ich ene Jeesliche", hott hä sich fröh met Häng on Fööß doschään jewehrt. Dobeij driehenete sich sing Jedanke emmer öm Paula.

Äsu mänchmol hat hä em Heu net mar neever die jong propper Maat jeläeje. On sonn Schöferstöndches wollt hä net vermeeße em Läeve. Am Eng hant dä Äldere nohjejovve; Johannes stodeet Philesophie. Dä Studiosus Dammeier jeht nu em Johr 1923 ad em dreijde Semester aan dä „Rheinische- Friedrich-Wilhelms-Universität" en Bonn. Ronk alle secks Wääche schleeß hä sing Studentebud henger sich af on jitt sich met ene Pöngel Waisch op Heem aan. Et Dörp, die ahl Fröngde, evver noch mieh Paula sing weesche, wisse Huck treck ´m emmer aan wie dä Fleejefänger aan dä Deck dä Fleeje. Dä paah Daach, die hä dann doheem es, verbrengk hä naats jeer em Heu…

Nu lett sich sujet net iwisch verheimliche. Rudi, dä älste Knäet op´m Hoff hat dat spetz jekreejt. Ä Fisternöllche van en Maat met´m Sonn vam Buur määt höm jrueße Kopping. On en demm Fall noch schlemmer. Paula es sing Dohter. Hä weeß, dat Mädche kammer net fassbenge. En demm Alder es dat Wivvje ä Jöckjradiesje. Evver hä jlööv, wenn hä dä Sonn vam Dammeier ovends zoröckhalde kann, mööt dat Kröösje van beede am Eng jonn. Papa Rudi wäät et naats en dä Köijsch dodrop, dat Johannes sich ussem Huus schlich. Tatsächlich – dä Pussierstängel kütt op lees Sohele doher. Dä Knäet mullt höm aan: „Saach, wat ich dich ad emmer ens froore wollt: Wat stodees du eejentlich?"

Dä Bursch hat jet angisch em Senn, well dä Vadder van Paula allerdengs net vör dä Kopp stüsse: „Ich stodeer Philosophie on em Oorebleck Sophistik." „Wat es dat dann?", wongert sich dä Knäet. Iggelisch jitt dä Student zor Antwooet: „Ich kann dich beispellswies bewiese, datte jar net hee en dä Köijsch bes, evver irjendwo angisch." „Tja, dann loss mar ens jonn! Bewies mich dat!", versöök Rudi, Johannes wigger opzohalde. „Alsue, pass op!", ohmp Schäng deep us, „beste em Kohstall oder angischwo?" „Nee, angischwo", schöddelt dä Knäet singe Kopp. „Sisste", wibbelt dä Jongspond onjedöldisch eröm, „wenn de irjendwo angisch bes, beste net hee en dä Köijsch!"

Rudi hält Johannes am Mau fass. Met die anger Hank höllt hä us on jitt demm Rotzlöffel ä paah langs dä Uere. „Auwieh!", schreit Johannes, „wat fällt dich en?! Woröm schlääste mich?" „Ich dich schlonn?", frooch dä Alde zoröck, zuck met dä Schoere, „wat mullste do för ene Kokolores? Ich ben doch övverhaup net hee!"

ÄSU JEHT ET NET WIGGER

Jott seij Dank! Dä Schöllschäll rasselt. Dä Puute us dä dreijde Klass en dä Volleksschöll send flöck dobeij, Tafel, Schwämmche on Jreffele em Tornister zo packe. Dä Liehrerin – et Frööle –, et Frollein Drenkwitz, es hü jenau äsu fruhe wie dä Kenger, endlich Fierovend zo maache. Aanfangs dä seckzijer Johre es sonn ahl Liehrkraff dozo aanjehalde wuuede, dä aachjöhrije Jonge on Mädches opzokläre. „Wie mer et määt, es et suwiesue verkieht", sennt se noh. Dobeij woor dat jetz iesch dä ieschte Opklärongsstond...

Frollein Drenkwitz hott zoiesch en dä Klass jefrooch: „Wer weiß, was Sexualität ist?" Hans-Josef hovv dä Fenger. Se hödde doheem ene Sextant, wooß hä zo verzälle. Dat kleen, vürlaut Haverkamps Pittche roofet däräk en dä Klass eren: „Wie kammer mar secks Tante han?!" Nu meenet dat Krolleköppche Beate, singe Sennef dozo jevve zo mösse. Et hött jehuuet, dat mer van Sexualität beklopp weede kann. Et Frööle woor baff, frooret: „Wieso das?" Wenn Mamm on Papp sich em Schloofzemmer enschleeßete, dann wüüed Mama noh paah Minütte emmer schreie: „Du määs mich wahnsinnisch!"

Do wollt Schustisch Willi evver bewiese, datte wahl mieh weeß. Hä schelderet, datte met singe jöngere Broer ens dörsch et Schlössellauch van dä Schloofzemmerdüür van dä Äldere jespings hött. Dat hött dä Kleen op dä Palm jebraat: „Nee, nee, on os verbeene se sujar, en dä Nas zo bohre..!" Et Frööle merket, äsu kütt mer net wigger, packet en Barbie-Popp us dä Taisch on zeejet op dä Bröss: „Wer kann mir sagen, was das ist?" Haverkamps Pittche bröllet stonnsfooß dörsch dä Klass: „Dat es ene Busen. Ich meine natürlich zwei." Frollein Drenkwitz explezeeret, dä Bross wüüer ee Jeschlechtsorjan van dä Frau. Stonnsfooß wollt Schustisch Willi wesse, of sonne Busen emmer us Plastik wüüer. „Nein, nur die Puppe hier", wuued et Frööle langsam evver secher onjedöldisch.

Spangeberschs Heinz wollt ooch jet beijdraare. Beij sing Tant Inge wüüere dä Busen us Jummi. Dat hött Ohm Ejon zo Papa jesaat. Dä Liehrerin sooh nu en, se moot ene angere Wäech enschlaare. Se kläevet ä paah Dierbeldches aan dä Tafel, öm dä Kenger opzozeeje, wie et en dä Natur äsu zojeht. Frollein Drenkwitz verzallt van dä Beijje on dä Blöömches, van dä Kning, van dä Elefante on dä Krokodile, wie dä Aape, dä Katze, sujar wie dä Kamele et maache. „Und für Morgen fragt ihr euere Eltern, wie der Mensch gezeugt wird…"

Haverkamps Pittche frooch doheem: „Papa, wie ben ich op dä Welt jekomme?" Papp jlööv, dat Bürschje es noch zo jong för sujet: „Dä Klapperstorch hat dich jebraat." Pittche jitt sich net zofriehe met die Antwooet: „On dich? On Opa?" Papp kratz sich am Kopp: „Ja, Jong, os hat wahl jenausue dä Storch jebraat." – Dä Schöllfröngk Willi kütt, frooch Pittche, wat sing Äldere jesaat hant zo dä Zeujong. „Tja", verklickert hä, „noh Ussaare van mieh Papp hat et en osser Famellisch seit dreij Jeneratzijuene kenne Jeschlechtsverkiehr mieh jejovve."

A **B** C D E F G H I J K L M N O P Q R S T U V W X Y Z

Beij Naat on Nievel afjehaue

Et es ä bessje am fissele. Trotzdemm jeht hä ohne Schirm övver dä Schlossplei en Jülich. Dä finge Pissel stolzeet wie ene opjepluusterte Jockel en ene düere vürnehme, etepetete Sonndaachsstaat dörsch dä Park, ofwoll et iesch meddse en dä Wääch es. Opjebloose, met breede Bross, kick hä affällisch öm sich. Do hüüet hä en Stemm roofe: „Heinz! Heini?" Dä Mannskäel kütt nöher: „Heini? – Bestet oder bestet net?" Hä ohmp schwor en, beluuert sich jenau dä Pinkel van Kopp bes Fooß on jrins zofriehe: „Jo, Heini, ich erkenn dich aan ding kleen Fratz onger´m Kenn… Die hottste ad, wie mer noch en dä Volleksschöll jinge… Evver du määs mich dä Endrock, datte övverhaup net weeß, wer ich ben, wa." „Ääh…, em Moment kann ich mich net erennere…", stroddelt dä Schwadronöör.

„Ich ben et – Offerjelds Paul! Mer hant doch johrelang neeverenander en dä Schöllklass jesääße. Ich han dich et letzte Mol jesenn, wie de vör ronk zehn Johr met ding Wietschafte pleite jemaat hotts. Do beste dann beij Naat on Nievel – rubbidupp – afjehaue. Kee Minsch weeß, wo du met ding Frau on ding Dohter afjeblevve bes! Nee, nee, Römisch Heini, wat freu ich mich, dich noch ens zo trääfe…" Paul klopp singem ihemolije Kamerad fröngkschafflich op dä Scholder. Se schöddele sich dä Häng. „Paul…, ich moss dich wahl jet saare… Dä Nam Heini ben ich ad ä paah Johr net mieh jewännt… Ääh, ich daaf dich net verklickere, wo ich jetz läv. Alleen ad wejen demm Finanzamp hee. Evver ich heesch ad lang ´Enrico´. On met Nohnam heesch ich net mieh Römer, doför ´Romero´."

Offerjelds Paul well jar net jlööve, watte do hüüet, staunt mar noch Bouklötz: „Allerdengs watte nu määs em Ausland, dat kannste mich doch wahl verzälle, wa." Heini-Enrico höllt deep Luff: „Alsu… mich jeht et joot… Morjens öm zehn onjefiehr stonn ich op. Ming Köijschefrau määt mich dann ä lecker Fröhstöck. Dann jonn ich en mieh Büro em Wenkterjaad – rongseröm verjlas – on wirk ä bessje. Jet Schrievkroom. Donoh legg ich mich op ming Veranda. Bald kütt ooch ming Dohter Rita ussem Tennisklub oder vam Jollefplei nohheem. Mer ääße jemeensam zo Meddaach, wat osser Kauch os fresch us osser Obbs- on Jemöösplantaasch parat jemaat hat. Dobeij drenke mer ä Schlücksche van minge eejene Ruedwing os us Wingbersch däräk vör dä Düür… Jo, wat soll ich saare…? Dann legg ich mich wier op ming Veranda!"

Nu zaut Paul sich noh Huus zo komme, sing Frau alles bröhwärm zo verzälle: „Dä Römisch Heini, dä Pleitjee, es stenkrisch jewuuede. Hä heesch ooch net mieh Heinz Römer; singe Nam es jetz ´Enrico Romero´ on hä läev irjendwo em Süde. Erennerste dich noch aan sing kleen Dohter, dat Düvvje, ´Marita´? Die heesch nu ´Rita´. On sing Frau hat wahl ooch dä Nam jeängert. Fröhsch hoosch dat Fromminsch jo ´Vera´… Wenn ich dat richtisch verstange han, heesch die Väech hü ´Veranda´!

Ex-Kreisdirektor Georg Beyss segelt in den Unruhestand

Der Jurist verweigert dem Herrn Jedönsrat nicht die Aussage.
Auszug: JN/JZ

Foto: Caroline Niehus

Herr Beyß, 16 Jahre hatten Sie als Kreisdirektor des Kreises Düren sowohl juristische wie Verwaltungsaufgaben zu erfüllen. Trifft es zu, dass wahre Amtsleiter für jedes Problem eine Lösung haben? Jedoch richtige Juristen für jede Lösung ein Problem?

„Es ist richtig, die Juristen leben von Problemen. Das gilt freilich genauso für andere Berufe wie etwa Ärzte und Klempner. Zum Selbstverständnis von Juristen gehört aber, Teil der Lösung und nicht Teil des Problems zu sein."

Es heißt, ein guter Anwalt kennt das Gesetz. Aber ein besserer Anwalt kennt den Richter. Wie können Sie diese schmähliche Weisheit entkräften?

„Richter sind unabhängig und nur dem Gesetz unterworfen. Sie entscheiden ohne Ansehen der Person und selbstverständlich ohne Rücksicht auf den Anwalt einer Partei. Ich kenne keinen Richter, der sich anders verhält."

Herr Beyß, dürfen Staatsdiener tatsächlich nichts annehmen? Weder Geschenke, noch Begünstigungen, noch nicht mal Vernunft?

„Gegen den Zugewinn an Vernunft hatte ich als aktiver Beamter und auch jetzt nichts einzuwenden. Grundsätzlich dürfen aber beamtete Staatsdiener keine Zuwendungen, Geschenke oder sonstige Vergünstigungen annehmen."

Den Beamten wird immer wieder unterstellt, sie überlegten mindestens dreimal, bevor sie dann nichts tun. Wie gehen Sie mit derartigen Vorurteilen um?

„Auch in komplizierten Fällen erfordert die Prüfung soviel Zeit wie nötig, jedoch muss die Entscheidung so schnell wie möglich getroffen werden."

Sie sind begeisterter Segler. Sind Sie in Ihrer Laufbahn nicht vom Kurs abgekommen? Sie haben nach dem Studium beim Verfassungsschutz gearbeitet. Warum haben Sie Schlapphut, Sonnenbrille und Pistole an den Nagel gehängt?

„1. Ich war unbewaffnet. 2. Ich fühlte mich stets nicht ausreichend gefordert."

Boulauch em Sommerlauch

Zellessens Hermann es bes en dä Hoorspetze eren jelade. „Et es för zo vräcke… Daach för Daach stonn ich ad wäächelang för ene Afjronk", es hä met huchruede Kopp beij Schippisch Jupp an dä Thek am Schubbe. Däräk vör sing Huusdüür on dä Poez wüüed hä met sing Frau en ä deep Lauch blecke. Aanfang Mai send zoiesch dä Baggere jekomme, dann ene Hoof Arbeeder, donoh dä Stroßeboumaschinge. Et wuuede Kabele verlaat. On nu woore kott vör dä Sommerferije för ä nöij Lauch ad wier dä Baggere vürjefahre, dann dä Arbeeder, dä Maschinge, dann koame Rohre.

Weil se Kabele on Rohre op kenne Fall en eene Rötsch zosamme oder hengeree verlegge könne, wüüed dat osser aller Jeld kooße on sing Nerve, jrotz Hermann tösche zwei Schluck Bier. „Dä Bouarbeeder jonnt noh en bestemmte Aanordnong vür", hott hä opmerksam jepeilt. „Dat heesch: Kott vör sebbe Uer morjens fange se met demm Werk aan, wat am mieschte Radau määt. Dat kann beispellswies ene Pressluffhammer, ene Rötteler oder dä Stemm vam Vürarbeeder senn, dä am leevste us fönnef Meter Afstand en dat Lauch eren bröllt. Wenn dä janze Nohberschaff dann wacker es, fängk op em Bou dä Fröhstöckspaus aan. Bes een Uher jitt et Stellarbeed. Do krieje dä Stefte wahrscheinlich jezeesch, wie se met en Metallsäech dä Botteramme dörchschnigge könne."

Allerdengs hödde se damols beij dä ieschte Boustell net jeden Daach aan demm Lauch jehuddelt, ärjert Hermann sich emmer noch zom Baschde. „Mänchmol passeeret en Zick lang övverhaup nix. Doför jing ad ens Samsdaachsmorje fröh beijm Sonneopjang loss. Secherlich – weil dä näkste Boutrupp met dä Fööß am Scharre woor, dodrop waadet, dä Teerdeck opzodraare." Jetz aan demm fresch Lauch hötte ad övver dreij Wääche kenne Arbeeder mieh vör Oore jesenn, es dä Zellessens am Deufele. Hä hött zoiesch em Bou- dann em Ordnongsamp aanjeroofe. Evver – jömmisch nee! – die wööße jenausu wennisch, wie et wigger jeht. Jedes Amp wüüed sieh eeje Deng oder op Dütsch jesaat sie eeje Lauch maache, sonns jööv et Moleste met dä Afrechnonge. On dovan afjesenn mööte dauch alle Enwonner en dä Jemeende wesse, dat su ä Lauch en dä Bouferije dat bekangde Sommerlauch wüüer.

„Op jede Fall hant se vam Bouamp desse Morje zwei Arbeeder erus jescheck, öm sich dat Lauch van alle Siede, van oeve on van onge, jenau aanzoluuere. Bes zor Meddaachspaus. Öm zwei Uher – kott vör Fierovend – koame se wier. Wat se eejentlich maache wollte oder sollte, do kreejt mer kenne richtije Schlau druss. Mar eene van denne hott en Schöpp dobeij. Demm Angere han ich dann en Schöpp van mich jelennt. Ich han dat net mieh erdraare, dat mar eene van die beede sich opszötze konnt…!"

A B C **D** E F G H I J K L M N O P Q R S T U V W X Y Z

Dat juck mich net!

Mich stonnt dä Hoore zo Bersch, wie minge Nohber Hebbäät mich sieh naarelnöij Händy zeesch: „Nee, met dä janze nöijmodische Kroom komm ich net mieh klor. Alle Strongs widd hüzodaach dijitaliseet… Wat emmer dat senn maach." Hä meent, mer mööt met dä Zick jonn, sonns könnt mer met osser Kenger net mieh Pohl halde. „Os klennste Puute spöije os doch hü ad övver dä Kopp, wemmer net wesse, wat en ´Wotts äpp´ es. Övverlegg doch ens!", well hä mich en et Jewesse roofe, „du bes fröhsch vam Fahrrad op et Auto ömjesteesch. Dat haste jo wahl ooch jelieht…"

„Do has jo net onräet", jevv ich zo, „mich jeht dat allerdengs alles zo flöck. Dä Ziedonge stonnt voll met Türülü övver ´Jurend forscht´. Wat die Bettsäcker do maache, verstonn ich övverhaup net mieh. On wenn se mich en dä Flemmerkess explezeere, woröm ene Wesseschaffler dä Nobelpries kritt, schalt ich leever öm op ´Curvy Models´. Van Fraulü met Kurve verstonn ich wennischtens jet." Hebbäät schöddelt dä Kopp: „Wie kammer bloß äsu onensichtisch senn?! Dat komplezeet Zeusch, wat sonn Wesseschaffler erforsche, es doch am Eng joot för dä janze Minschheet. Denk ens beispellswies aan dä Forschong en dä Medizin…! Do hammer wahl all jet van. Oder ene Phüsiker hant se dä Nobelpries övverjovve, weil hä erusjekreet hott, wie noh´m Urknall Lietstrohle dörsch et All jewandert send."

Verdötsch frooch ich minge Nohber: „Wat han ich dann dovan? Dat juck mich övverhaup net. Mich interesseere iher dä Anti-Nobelpriese, die dä Lü zom Laache, donoh evver zom Nohdenke brenge. Ene Käel us Frankreich zom Beispell hat wesse wolle, wie sich dä Temperatur am Hodensack beij franzüesische Breefdräejer ängert, wenn se en Box aanhant on wenn se kenn aanhant. On dat widd beij dütsche Possbülle koom völl angisch senn. 2019 hant Wesseschaffler us Portujal entdeck, dat dä Spöij van Minsche sich för bestemmte Fläche joot för ä Putzmeddel eeschnet…" „Nu, do semmer ad längs sällever hengerjekomme", ongerbrich Hebbäät mich. „Watte allerdengs net weeß", tipp ich mich aan dä Stier, „Italijäner, Spanier on Engländer hant usbaldovert, dat völl eeneiije Zwillinge sich sällevs net usenanderhalde könne." Hebbäät steht dä Monk oofe. Ich weeß noch mieh: „En Südkorea hat sich ä Schletzuer domet befass, wemmer met en voll Tass en dä Hangk röckwäets jeht, wie stärk dann dä Kaffe hen- on herschwapp."

„Nee, wat för ene Kokolores!", wenk Hebbäät af, „dann ongersöök ich jetz dat Liebesläeve van ming Flastersteen vör dä Huusdüür, wenn Sank dotöscher kütt. Op jede Fall well ich dann jenausue ene Anti-Nobelpries doför han." „Dä Enfall es joot", nick ich, „mich interesseet allerdengs noch jet angisch völl mieh: Woher wooß eejentlich dä Pottmaneeschlosser, dä vör iwije Zickde dä Uher erfonge hat, wie spoot et woor?"

Dat Kenk jeht zor Kommelijuen

Beij Franzens sting et Huus op em Kopp. Em Wonnzemmer woore Karl, singe Broer Adam on dä Vadder van beede am Us-, En- on Ömrüüme. Am näkste Daach solle aachonzwanzisch buckelije Verwandte met nüng Pänz hee Plei aan ene lange Döisch fenge. Marita, dat Kleen van Karl, jeht dann met zor Kengerkommelijuen.

Op NWDR em Radio huuet mer Paulchen Kuhn senge „Geben Se dem Mann am Klavier…". En dä Köijsch woore ä paah Fraulü met am Somme. Van angere woor mar Jeschnatter zo hüüere, wobeij se met Kässele, Döppches, Pött on Tellere am Schäppere woore. Marjann, dä Modder vam Kommelijuenskenk, sting met dä Nohberin Friedaachs Nettche on dä Kusin Jisela am Häed. Wer Nettche för ä Fess en dä Köijsch hott, konnt sich jlöcklich schätze. Doneever woor Omma am Backoevend am Hangteere. Se wollt ene schwatze Flaam, en Knouschele-, Wiemele- on Kieschetaat suwie ene Rodongkooch backe. Dä „Schwatzwälder Kirsch" on dä „Fürst Pückler" hodde se beijm Bäcker bestallt. „Wo bliev dat Kleen mar?", luueret Marjann onröihisch op dä Uer, „dä Kommelijuensongerrich mööt doch ad längs vörbeij senn… Net, dat et ad wier Kwäss met Pastuer jejovve hat!"

För sich Sörsch zo maache, hott Marjann Jronk jenooch. Dat Marita koam janz op singe Papp. Jenausu krebänztisch wie dä Karl, dä en dä Jewerkschaff woor on op kenne Fall en Partei wählet, die van dä Kanzel erav aanjeroone wuued. Wie se dat Mädche beij Pastuer Palms för dä Hellije Kommelijuen aanmelde wollte, hong däräk dä Huussäeje scheef. Kommeniste- on Suzialiste-Kenger könnte schwoor em Hemmel komme, hott dä Jeesliche demm Karl onger dä Nas jerevve. Wie van en Tarantel jestauche woor dä opjespronge: „Et es noch net ens klor, of dä leeve Jott övverhaup kattollisch es!"

Marita woor donoh ad zweimol us dä Schöll vam Kommelijuensongerich noh Heem jescheck wuuede. Beijm ieschte Mol hott et nohm Jebätt net „Amen", evver laut „AmEng" jesaat. Vörje Wäech hott Pastuer Palms dat Marita hükspersüenlich noh Huus jebraat. Hä woor des Deufels jewess. Dat Mädche hött dä Satan em Liev, huuet dä Joddesdeener jar net mieh op, övver dä „Ballesch" zo schubbe.

„Marita, wat es passeet?", wollt Karl van sing Dohter wesse. Pastuer hött dä Kenger en düstere Färve dä Weltongerjang jescheldert, verzallt dat Kleen. Wenn se söndije wüüede, wüüed dä Storm dä Panne vam Daach fottfäeje, dä Flüss wie os Ruu wüüede övverloofe on Bletz on Donner wüüede övver dä Minschheet erenbreiche… „On do hat Pastuer sich opjereesch, weil ich mar jefrooch han, of mer beij äsu Souwäer en dä Schöll komme mösse!"

Dä Duet van en Scheldluus

Mürkens Hannelore es sich Schohn em Schaufenster am aankicke. Do speejelt sich en dä Jlasschiev ä Jesieht, wat et irjendwoher kennt. Et driehent sich noh lenks zo dä Käel eröm... „Männ?", frooch et onsecher. „Wer well dat wesse?", kick hä verdötsch dat Frominsch aan. „Männi Krautwurm! Mannomann! Seit ´m Abi vör övver 25 Johr han ich dich net mieh jesenn. Evver ich merk, du weeß net mieh, wer ich ben", treck dat apaat Fräuche dä Brell van dä Nas, „Hannelore Mürkens..." Männ schläät sich met dä flache Hank schään dä Stier: „Lörche! Ich weed net mieh!" Hä freut sich wie ä Honnischkoochepäed.

Se hant sich völl zo verzälle, setze sich en en Iesdiel. „Ich ben emmer en Jülich jeblevve. Dä Kenger send ad em Studium on ich wirk en ä Labor em FZJ", jitt Hannelore kond. „Wat määs du dann? Wollste net Jura studeere?" Männ jitt zo, datte noh ä paah Semester dä Jura-Bäddel henjeworpe hat. „Dä Parajrafe-Riggereij es doch nix för mich. Ofwoll ich dat Wesse öm dä Räetsverdriehenereij jetz joot nötze kann..." „Wiesue?", ongerbrich Lörche. Hä wüüer övver Ömwäech on Zofäll Schreffsteller jewuuede, wirp hä sich en dä Bross: „Haste dann noch nie ens jet van mich jeläese?" Verdötsch, pärpläx rieß dä ihemolije Schöllfröngdin dä Oore op: „Ihrlich jesaat – han ich noch nie ä Booch en dä Fengere jehat met dä Nam Manfred Krautwurm drop. Kammer övverhaup vam Schrieve läeve?"

Männ jriev sich am Kopp: „Och, dat kannste jo net wesse...

Ich schriev Krimis onger dä Nam Marten Marek." Lörche es baff, frooch veronsechert: „Du wells mich doch wahl net veraasche, wa?! Van dä Marek han ich ä paah Bänd jeläese. Do stonnt allerdengs nie Fotos van dä Schreffsteller drop." Dat well hä ooch net, meent hä. Sonns mööte villeich jetz ad en dä Iesdiel Autojramme jevve. „Morje han ich en Boochläesong en dä Jülicher Stadtbööchereij. Ich lad dich en", treck hä ä Faltblättche us et Dschackett. Frau Mürkens röck dä Brell zoräet: Tatsächlich! Ä Foto met Männ, dä do Marten Marek heesch! „Ich stell dat nöij Booch van mich ´Tod einer Schildlaus´ vür. Dat es dä seckste Roman met ´m Anwalt Roderick Rodewig. Dä ieschte widd jrad för et ZDF verfillemp", zeesch sich dä Krimiautor zemmlich opjekratz. Sing Enfäll wüüed hä en dä Jesetze fenge, explezeet hä: „Beispellswies Parajraf 4, dä Verordnong zor Bekämpfong van en Scheldluus: En Planz jelt dann als befalle van dä Scheldluus, wenn sich aan dat Plänzje mendestens en Scheldluus befengk, die net nohwieslich duet es." „On dorop hen kritzelste ene janze Roman zosamme?!", kann Hannelore koom jlööve.

„Do weeß ich ene Tipp för et näkste Booch van dich", kick Lörche Männi deep en dä Oore. „Mer hant em Labor Sexual-Lockstoffe verjleche. Van kleen Mottewivvjes send et däsälleve wie van jrueße Flusspäede. Nu hammer Mottekurele entweckelt, die hemme dä Verlockong. Seitdemm ich die Kurele em Schaaf jelaat han, trampele kenn Flusspäed dodörsch."

Dä Eier em Büll

„Finni? Bestet oder beste et net?" – „Ääh", stroddelt dä Frau Reifferscheidt, beöösch janz verdötsch dä Maatfrau…, bes err en Käez aanjeht… „Nee ne, dat jlööv ich jetz net", fängk Finche övver alle Backe aan zo strahle, „Dolfens Christiin?! Mer hant os jo Iwischkeete net mieh jesenn. – Wenn ich mich net täusch, hammer os et letzte Mol op minge Polterovend jetroofe. On dä legg jo wahl Johrzehnde zoröck." Nu falle se sich öm dä Hals, komme en et Mulle. Finnni verzällt, nohdemm Juppi, dä Mann, jestorve woor, hat et et Huus en Kohelscheed verkoof on es en Eejendomswonnong en Jülich jetrocke. Nöher beij dä Kenger on Enkele, die en Tetz on en Schlee wonne. Christiin jitt zom Beste, dat se neever dä Buurewietschaff noch ene Bio-Hofflade suwie dä Jemöösstand hee op dä Jülicher Maat hant.

„Dann haste wahl secher ooch Eier?", well Finni wesse. „Jo, frescher jelaat jeht jar net mieh", versechert jeschäftsdüschtisch dä Buurefrau, „wie vöLl wellste dann han?" Dä Wettfrau Reifferscheidt verzällt em Vertroue: „Am Sonndaach han ich Jebuuetsdaach. Dann komme net mar dä Kenger met dä Enkele ad zom Fröhstöck bes et ovends. Ooch ming Schwester kütt met dä Mann us Dagebüll aanjerees. Die blieve sujar bes näkste Friedaach. Doför well ich noch ene Hoof backe on bruch hondert Stöck."

Kee Problem för Dolfens Christiin. Et hat bloß kenn Eierkartongs mieh. „Ich legg dich die Eier vürsichtisch hee en dä

Stoofbüll… Demm schenk ich dich… Alsue… 1, 2, 3… Finche, du has ene schönne Hoot aan…" „Och, jlööv et oder jlööv et net. Dat es ä Sonderaanjebot för 9 Euro", wenk Finni af. Christiin schöddelt dä Kopp: „Mar 9 Euro? – 10, 11, 12… Saach, hüüer, wie lang es dinge Mann eejentlich ad duet?" Finche küümp deep op: „Dat send jetz 17 Mont." „17 Mont?", dä Frau Dolfe legg wigger Eier en dä Büggel, „…18, 19, 20, 21…" Dä Wettfrau well net emmer am Duet erennert weede, denk leever aan dä Jurendzick: „Christiin, entsennste dich noch aan osser Liehrer Hantschel? Do woore mer all dren verknallt." „Dat woor en schönn Zick", schwärmp ooch dä Schöllfröngdin, „dä woor jo zemmlich jong met ronk 27 Johr… 28, 29, 30, 31…"

Frau Reifferscheidt widd nöijjierisch: „Saach, wie lang bes du jetz eejentlich verhieroodt?" „Jo, ä Johr es flöck vörbeij", zällt dat Maatwiev wigger Eier, „40 Johr ben ich met Paul verhieroodt… 41, 42, 43, 44…" Finni luuert ens en dä Büggel met dä Eier: „Dat send evver decke Eier. Wie völl Honder hat err eejentlich?" „Beij os loofe em Oorebleck 65 Honder op dä Wee eröm… 66, 67, 68, 69…" „Jehste met dinge Mann noch net en Rente?", well Finche wesse. „Och, weeßte, Buure jonnt sälde en Rente. Se send jo deep met dä Äed verwotzelt. Allerdengs osser Älste es zom Jlöck met em Betrieb. Hä on sing jong Frau weede dä Hoff ooch övvernämme. Mer hant jo emmerhen 95 Morje zo beackere… 96, 97, 98, 99, 100… Dä do haste ding Eier. – Finche, weil du et bes… 25 Euro."

Frau Finni Reifferscheidt lonk noch ens en dä Büll: „Wenn ich net sällever metjezallt hött, wüüed ich net jlööve, dat dat 100 Eier send."

Dä Famellisch jeht schwemme

„Opa, vörije Sommer hant se en Aldenovve ee van dä modernste Freibäder en Dütschland jebout. Et ´Jlöck auf-Bad´. On beslang beste do noch net ens kicke jewess… Et es hü äsu wärm… Papa hat ä paah Daach Urlaub. Hä well met Mama on os Kenger met´m Fahrrad noh´m Schwemmbad fahre. Komm doch met!", bäddelt Jürjen, dä drözzehnjöhrije Enkel. Dä Zwillinge Marita on Jerda, aach Johr alt, höppe, sprenge öm Opa Wellem eröm: „Jo, komm doch met!" Kann ene Jrueßvadder do noch „nee" saare?!

Se schwenge sich all op dä Drohtäesele; Opa Wellem jöckelt met´m Mopedche hengerher. Vürop fieht Papa Köbes, stemmp ä Leed aan. Dä janze Famellisch Moll jitt sich em Chor ene Schlaarer am senge, dä evens 1961 em Radio erop- on eravjespellt widd: „Weiße Rosen aus Athen… sagen mir…, komm reeecht bald wieder…" Em Schwemmbad weeß Jürjen Opa stolz zo zeeje, wie on wo hä en demm Bou met dä Ömkleedekabiene dä Pluute afjevve soll. Zilli, dä Schweeijerdohter van Wellem, hott doheem jau en Badebox, die Köbes zo jrueß es, för höm jefonge. Dä Moll-Bajaasch söök sich ä freij Plätzje op dä Wee. Lieter jesaat wie jedonn! Opa kann sich net verkniepe, zo knottere: „Leck mich am Aasch, wat es dat hee voll! Hant dä Lü nix angisch zo donn, wie hee erömzolegge?!"

Endlich fenge se ä Fitzelche Plei em Jras, wo Zilli met dä Zwillinge zwei Decke usbreet. Jeder kritt noch ä Hankdooch för sich. „Mama, daaf ich mich Fritte met ä Wüeschje holle?", frooch Jürjen, dä en demm Alder ronk öm dä Uher keen Minütt keene Kohldampf hat. „Jou..! Fritte, Fritte…!", danze Marita on Jerda öm dä Decke op dä Äed eröm. Papa jrief en: „Kenger, nee, dat widd zo düer. Doför koof ich evver för os all nohher ä lecker Ies." Mama Zilli kroomp en ene Cämpingbüll: „Wer Honger hat – ich han üch Botteramme jeschmiert. Met Kies… On Jürjen för dich met Läeverwuesch. On Frikadellsches han ich os ooch noch enjepack." Noh ä paah Beeß en dä Bruete, fange dä Puute aan, hibbelisch op dä Stell zo trippele. Se wolle endlich em Wasser. Öm dä Pänz secher em Ooch zo halde, lööf Papa met sing dreij Afläejer met.

Nu hat Zilli endlich Zick, sich jet Rouh zo jönne. Et röck dä Sonnebrell op dä Nas zoräet, legg sich hen on lett et Häerjöttche ene joode Mann senn. Evver koom hat et dä Oore zojemaat, do määt neeveraan, ene Meter wigger, ä jong Päärche ä Kofferradio aan. „Pigalle, Pigalle…", blöök dä Rievieserstemm van Bill Rämsey dörsch dä Äther. Opa schöddelt dä Kopp. Hä versteht dä janze Bohei ronk öm dat Schwemmbadjedöns suwiesue net. Triefenaaß am janze Liev on us dä Hoore am Drüppe komme dä Enkele on Köbes ussem Wasserbecke zoröck. „Opa, Opa, jank du doch ens met os en et Wasser! Dat es äsu schönn köhl…" „Öm Joddes Welle, Kenger!", wenk Jrueßvadder Wellem af. „Nee, dat es nüüß för mich! – Ieschtens: kann ich net schwemme… on zweidens: jepiss han ich ad!"

Dä ieschte Pries

Irjendwann kütt en Zick, do kennt dä jrüeßte Fastelovendsjeck dä Karneval mar noch us dä Flemmerkess on us dä Erennerong. „Nee, Liesje, weeßte noch, wie mer fröhsch ens op ´m Maskeball dä ieschte Pries jemaat hant…", schwärmp Vondermeisens Truud. Ackermanns Lisbett verschluck sich am Kaffe, schlabbert jet on stellt dä Tass jeräuschvoll op et Ongertellerche. „Wie könnt ich dat verjääße?!", tupp Liesje sich met dä Sarvijett dä Leppe af, „mer woore jo eemol als Hawai-Mädches ongerwääs. Do han ich doch damols minge Häns kennejelieht." „Och, stemmp jo", jriev Truud sich am Kopp, „9 Mont spöder koam dä kleene Mathias op dä Welt."

Dä Frau Vondermeisen hat dä Fröngdin allerdengs weje jet angisch zom Kaffekränzje enjelade. „Liesje!", fängk Truud aan, „en dä Ziedong widd för Karnevalssamsdaach en sujenannte ´Shopping´-Busfaaht noh Jladbach aanjeboone. Bloß för Fraulü. On et nohmeddachs jeht et op dä Trabrennbahn… Wemmer Fastelovend ad net mieh wie jong Päedches höppe, sprenge on jaloppeere könne, sollte mer villeich ä bessje dörsch dä Jeschäffjes trabe. On op dä Rennbahn kammer entewell noch ä paah Euro jewenne." Beede send sich flöck eenisch: „Do semmer dobeij!" – Dä janze Kladderadaatsch, demm se em Städtche enjekoof hant, widd em Bus ongerjebraat.

Dann jeht et op dä Trabrennbahn. „Hey, die Päed hant jo Anhänger", riev Truud sich verwongert dä Oore. Lisbeth meent, et wüere wahl „Fuhrwerke". En Metreesende rööf van henge, dat dat „Sulky" heesch on öm Jeld zo jewenne, mööt mer op die Nommer van ä Päed setze. „Ich weeß net, of wat für ene Jaul ich wedde soll. Do kenn ich doch jar nüüß van", schöddelt Lisbett rootlues dä Kopp. Truud kennt ene Uswäech: „Liesje, wie döcks beste dinge Häns em Läeve frembjejange?" – „Ääh, dreij Mol. Wiesue?" – „Ich han minge Pitter vee Mol bedroore… 3 on 4 es 7. Mer setze zosamme zwanzisch Euro op dä Päed met dä Nommer 7. Dat moss jo wahl Jlöck brenge, wa?!", es sich dä Frau Vondermeisen secher. Jesaat – jedonn. Se feuere „Navajo", dat Vollbloot met dä Nommer 7, aan…, on tatsächlich: Dat Päedche jewennt. Truud on Liesje komme net mar met ene Hoof Blüsjes, Jäckches on anger Fummele van dä Fastelovendsrees nohheem. Se hant ooch noch zosamme 500 Euro op dä Trabrennbahn jewonne.

Dat lett Häns, dä Mann van Liesje, on Erwin, et Ihejesponns van Truud, kenn Rouh. Se fahre ooch noh Jladbach, et Jlöck erusfordere. „Saach, hüüer, Häns!", brommp Erwin, „wie döcks kannste eejentlich noch naats em Bett met ding Frau?" Dä Häerr Ackermann wirp sich en dä Bross: „Fönnef Mol bestemmp!" Fröngk Vondermeisen lett sich net beendrocke: „Ich han letztens noch sechs Mol jekonnt!" – Alsue trecke se 5 on 6 zosamme. En bester Zoversisch setze se op dat Päed met dä Nommer 11… Dä Hengs met dä Nommer 2 jewennt.

Dä Jüdde send schold

Kee Minsch em Huus konnt Schloof fenge. Su sting et naats puffpaff dä aachjöhrije Jossele en dä Düür vam älderlich Schloofzemmer. „Mama, ich wer drinke ein glus milech, jo?", trott hä met nacke Fööß nöher. „Du solls doch net jiddisch mulle… Mer komme noch en Deufels Köisch", schubbet Jette, dä jong Mamm van dä Kleen, „ich bruch dat ützje Mellech för et Ääße morje. Drenk ene Schlock Kraneberjer!" Wie et wier stell woor em Huus, stüsset Jettche dä Mann aan: „Jakob, Köbes, su kann dat net wigger jonn… Mer mösse fott van hee." „On osser Huus?", frooret hä. Et Fräuche fong aan zo kriesche: „Leever et Heem wie et Läeve afjevve för dä Nazis! – Wat moss dann noch passeere, datte opwaachs?!"

Jettche satz sich opräet em Bett: „Seit jestere dürfe kenn jüddische Kenger mieh en dä Schöll jonn." Et zallt op, dat se et Jeld för et johrelang Wirke afjevve moote. Se hödde ä "J" em Pass jestempelt jekreejt. Jüddische Döktesch wüüere kenn Döktesch mieh, bloß "Behandeler", evver ohne Medikamente zo han. Jüdde dürfte kenn Jeschäfte mieh föhre, kee Hankwerk bedrieve. Dä Schaufensterrutte wüüede enjeschlaare. Letztens iesch hött dat brung Jesocks dä Synajoore en Brank jesteische. On alles, wat die Drecksäck kapott jemaat hant, mööte dä ärm Jüdde ooch noch düer bezahle. „Ming Kusin us Oche es met dä Famellisch noh Amerika. Dat Hannah hat ene Schwoorer, van demm singe Broer dä Pattüem es ene Kattelik, dä setz em Amp on hat denne dä Papiere besörsch. Dä Mann widd os ooch hellepe könne", sooh Jettche ä Fönkche Hoffnong, „Ene Nuetjrosche hammer jo noch ongerm Jebönn versteische."

„Am Sonndaach nämmp Hompeschs Deijodor mich met noh Düre zo ä Volleks-Trääfe met dä NSDAP. Dann wesse mer mieh", joov hä kond. Dä Deij es mar en dä Partei, weil…, ejal, demm könne mer troue. Hä jitt mich en Orijinal-Ärmbind met et Hookekrütz drop. Dozo draar ich dann am Rock en Aanstecknold van dä NSDAP." Su kööm hä met demm Deijodor do em Saal eren on „en Düre kennt mich suwiesu kee Minsch." Nu hott Jettche noch mieh Kadangs, versööket alles, öm dä leeve Mann doheem zo halde.

Hompeschs Deij on Beermanns Köbes hodde sich em jeschmöckte Saal janz henge enjefonge, em düstere Deel. Op dä Bühn sooße dä huch Häerre. All en brung. Dä Reichsafjeordnete Franz Binz, dä Broer vam Kreesleiter Peter Binz, woor am Mikrofuen am Tobe: „… Dä hengerlestije Jüdde send aan allem schold. – Wer verjrief sich am dütsche Vollek?" – „Dä Jüdde!", woor en Stemm ussem Saal zo hüüere. – „Jawoll! On wer verkööf os aan dä Kommeniste?", bröllet dä brunge Sällevsjestreckte. Köbes roofet: „Dä Jüdde!… On dä Radfahrer!" – Nu koam dä Afjeordnete Binz en et Stroddele; hä woor janz ussem Hüssje: „Ähh, ähh… Wiesue dä Radfahrer?" – Dä Antwooet ussem deepe, donkle Hengerjronk: „Wiesue dä Jüdde?!"

Dä Kuddelmuddel es am Eng

Et woor en lang Zick beij dä Jüdde äsu Usus, dat dä Vürnam vam Papp zom Famellijenam vam Sonn wuued. Wie Abraham David zom Beispell et ieschte Mol Vadder jewuuede woor, saat hä stolz: „Dä Kleen soll Samuel heesche." Alsu huuet dä Jong van kleen aan op dä Nam „Samuel Abraham". Sonn Namensjlichheeete joove döcks ä jrueß Dörschenee. Jetz läevete jo en ee Kaff, onger Ömständ alleen en een Jaaß, ene Abraham Samuel neever ene Samuel Abraham. Oder dä Schuster Elias Levi hott sing Klitsch däräk schäänövver van dä Schniedereij vam Levi Elias. Dä Isaac Hirsch wonnet villeich sujar en een- on datsälleve Huus met demm Häerr Hirsch Isaac zosamme.Ußerdemm koam et vüür, dat ä Minsch Nathan Nathan oder Lucas Lucas hoosch.

Napoleon maachet demm Kuddelmuddel em Johr 1808 ä Eng. 1845 moote dann onger Könnisch Friedrich Wilhelm IV. en dä letzte Provinze, en dä hengischste Dörper, dä Name äsu jeängert weede, dat dä Breefe on ampliche Bescheede net mieh en dä verkiehde Häng falle konnte. Evver dä Börjermeestereije sollte op kenne Fall Enfloss op die nöij Name nämme. Nu weeß mer evver bes hü, dat ad emmer tösche en Häed wisse Schoofe jewess ee schwatz dobeij es. Äsu ene schwatze Wollbock woor dä könnischliche Ampsschlawiner, dä ooch zoständisch för dä jüddische Famellije us Langwiller woor.

Severin Nelles, dä Ampsbüll, hott op die een Sied Häng wie

en Hävamm. Allerdengs op die anger Sied Häng, die so jrueß woore wie platte Schöppe. Met dat fing Hängsche nohm hä sing Schrievfäer, öm dä könnischliche Urkonde zo ongerschrieve. Sing Schöppehäng hohl hä jeer wigg op. Jet Schmierjeld bloov do emmer draan kläeve. Die Eejenmächtischkeete vam Ampmann Nelles hodde sich jau en dä jiddische Jemeende eröm jesprauche. Wuued die oofe Hank jenooch jeföllt, jing dä Simon Adam villeich als Simon Blumental noh Heem. Dä Aron Mendel konnt sing Frau met bree Bross stolz verkönde: „Mer heesche jetz ´Goldstein´!"

En Langwiller wonnet dat jong Paah Miriam on Abel Moses. Se freuete sich op et ieschte Kenk. Kenne Daach verjing, aan demm se net övver dä Nam am Despeteere woore. Ä Mädche sollt wie dä Omma Lea heesche. „Ene Jong kritt dä Nam van mich… alsu Moses!", woor för Abel kloor. Miriam erennert dodraan: „Du weeß, osser Nohnam mosste morje em Amp ängere losse. Nämm dat Jeld met, wat mer os van dä Mull afjespart hant, domet mer ene schönne Nam wie minge Vetter krieje. Dä heesch nu ´Süßkind´." – Am näkste Daach wäät Miriam onjedöldisch op singe Abel. „Saach, wie heesche mer jetz? Bernstein? Silbermann?", kütt et aan dä Düür jeloofe. „Nee. ´Morgenschweiß´!", kick hä bedrööf. – „Hä?! Woröm dann äsu ene Strongßnam…? Morgensch-w-eiß" – Abel beduuert: „Ich hott jrad noch su völl Zaster dobeij, öm dat ´w´ em Nam ´Morgenschweiß´ zo koofe!"

SACHVERSTÄNDIGER GUTACHTER KLOPFT AUF HOLZ

Hermann-Josef Schwieren, Obermeister der Tischlerinnung Düren-Jülich steht dem Herrn Jedönsrat astrein Rede und Antwort. Auszug: JN/JZ

Foto: Guido Jansen

Herr Schwieren, Sie haben 50 Jahre als selbständiger Tischler gearbeitet, sind Innungsobermeister und vereidigter Gutachter der Handwerkskammer Aachen. Heißt Ihr Leitspruch: „Wo gehobelt wird, fallen Späne"?

„Im positiven Sinne kann ich dem zustimmen. Die Vorliebe zum Holz habe ich quasi mit der Muttermilch aufgesogen. Ich bin zwischen

Holz, Holzmehl, Spänen, Hobeln und Sägen aufgewachsen."

Das Tischlerhandwerk zählte stets zu den unfallträchtigen Berufen. Mahnt der Meister immer noch seinen Azubi, die Gefährdung könne er sich an seinen drei Fingern abzählen?

„Jeder Ausbilder muss einen Azubi auf die Gefahren hinweisen. Allerdings baut der Gesetzgeber die Hürden zum Arbeitsschutz so hoch, dass kaum jemand mit den Fingern in eine Sägemaschine gerät."

Jesus konnte Wasser in Wein verwandeln. Dennoch wurde ihm geraten, Tischler zu werden. Können Sie jungen Leuten das Handwerk guten Gewissens empfehlen?

„Klar. Kreative Leute sind hier bestens aufgehoben und die IT-Technik hat längst in Werkstatt und Berufsschule Einzug gehalten."

Es ist bekannt, dass man früher im Bauwesen den Beschäftigten ein großes Durstgefühl nach Bier nachgesagt hat. Sind also für Tischler die zwei schlimmsten Dinge auf der Welt nasses Holz und eine trockene Kehle?

„Nee! Am Arbeitsplatz herrscht striktes Alkoholverbot."

In der Werkstatt hört man schon mal Worte wie „Rutscher" und „Flittsches". Muss man Kindern ob der obszönen Wortwahl da die Ohren zuhalten?

Keineswegs! Das eine ist ein Schleifgerät, das andere ein Teil zur Furnierherstellung.

Dä Landroot em Sturm

Net emmer freut mer sich, wenn et Telefon jeht. Lövenischs Joachim, dä „Jö", sprengk allerdengs däräk vam Sofa op, schnapp sich dat Händy vam Döijsch. Hä es sich am langwiele; sing Frau moss uusjerechnet hü äsu Pilcher-Jedöns – „Heimweh nach Cornwall" – en dä Jlotze kicke. „Jo – wer do?", meldt Jö sich knapp. „Hä es dä Uwe, du ahl Schleefholz! Wat sääste jetz?", hüüet hä noh iwije Zickde dä Stemm vam ihemolije Mannschaffskamerad vam Fußball. Beede hant johrelang zosamme beij dä Borussia jespellt. Met demm 100-Tore-Sturm Stollewerks Uwe, Lentzens Rainer on Jö woore se damols sujar opjesteesch. Irjendwann jinge se all ongerscheedliche Wäech, verlore sich us dä Oore. „Loss os doch noch ens trääfe", schläät Uwe vür, „ich ben jrad van Hannover wier hee en dä Nöh jetrocke, noh Koffere." Se maache us, met Lentzens Rainer ene kleene Ömtronk en Jülich zo ongernämme.

Lövenischs Joachim es emmer sing Heemat tröij jeblevve, hat ä Dörpsmädche jehieroodt on es hü van dä Borussia koom fottzodenke. Hä es enzwesche dä Vorsitzender vam Verein on zomendestens beij dä Fußballer em Krees bekank wie ´ne bongte Honk. Dauch saare net all „Jö" zo höm, völl spreische höm met „Landroot" aan, weil hä wie ene Zwillingsbroer van demm Kreespolitiker ussitt. Wie hä sich nu met Uwe on Rainer en en Wietschaff am Schwanedisch en Jülich triff, jeht dat Spellche däräk loss. Koom setze die Dreij am Döijsch, rööf dä Wiet övver alle Köpp fott: „Wat för ene Jlanz en os Hött…! Dä Landroot hüekspersönlich jitt sich dä Ihr!" Jö sprengk op: „Ich ben net dä Landroot. Dä sitt bloß äsu us wie ich. Ich ben Joachim Lövenisch, dä Vorsitzender vam Fußballverein Borussia…" Wigger kütt hä net, weil jetz jeder jet zo jrotze hat. Dä Landroot sollt leever ens dat on dat on dat maache. Die dreij Fröngde könne sich nix verzälle. Se haue flöck af en en anger Kneip.

Jö hat jrad ene Fooß en dä Dür, do frooch ä Fottmimche: „Ach, setter net dä Landroot?" Rainer on Uwe verdriehene dä Oore. „Ich ben dä Vorsitzender vam Fußballverein Borussia…", setz hä aan zo explezeere, wie van dä Thek en Stemm erövverjröhlt: „Kick ens do – dä Landroot!" Dä ihemolije Borusse-Sturm eenisch sich dodrop, en Ongerhaldong en wiggere Kaschämm zo versööke. Op´m Trottowar dribbele se ohne Ball jet hen on her, erjonnt sich en ahl Zickde, övversennt dobeij ene Fooßjänger. Dä rappelt sich op, sitt Jö…: „Och, dä Landroot…, net schlemm…, kann passiere." „Ich ben net dä Landroot. Ich ben dä Vorsitzender van…", Uwe on Rainer trecke dä Meddelstürmer ussem Strafraum fott.

Dat Trio fengk dä näkste Wietschaff. Beijm Erenjonn stüss ene Frembde, dä dä Dür eruskütt Jö aan: „Oos, ich kenn üch doch… Setter net dä…?" Onjedöldisch ongerbrich Jö: „Nee, nee, ich ben et net!" Verdattert kick dä Käel us dä Wäsch: „On ich hött ming letzte Fänninge dodrop verwett, dat err dä Vorsitzender van dä Borussia sett…!"

Dä Pohl usmäässe

Hahns Pitter es, wie singe Nam ad säät, ene Jockel. Hä pluustert sich jeer op, stolzeet met bree Bross on jeschwollene Kamm övver dä Bouhoff on dörsch dä Büros. Vör zwöllef Johr hat dä Häerr Hahn ene kleene Enfoorer-Betrieb van singe Papp övvernomme. Secher kann hä sich jet dorop enbelde, datte us sonn bescheedene Klitsch vam Vadder, dä mar met eene Metarbeeder uskoam, en Firma met 13 Beschäftischte opjebout hat. Dovan brassele em Johr 1961 ellef Mann op´m Jeröss; zwei Fraulü wirke em Büro.

Öm sich sällevs vam Werk jet zo entlaste, hat Pitter sich dreij Arbeeder usjekecke, die zomendest ad ens dä Huusfassade met dä Jevvele vernönneftisch usmääße könnte. Villeich könne se dann sujar usreichene, wie völl Materijal, wie völl Lü on wie völl Stonde se för dat Werk bruche. Möllisch Dieter, Hermanns Erich on Hommele Konrad hant en ieschte Aufjab vam Chef zo erfölle. „Hee die decke Stang – die bout err jetz huchkank op! Dann well ich senn, wer van üch en dä Laach es, dä Mast bes op dä Millimeter jenau zo vermääße. Em Dörschmesser wie en dä Hühe", wies hä sing Enfoorer aan. „Wenn err fäedisch sett, schrievt dä Mooße ördentlich on sörschsam op Papieh. Setzt üere Nam op dä Zeddel! Err fengt mich dann em Büro." Dä Hahn stelz staatsstief en sing Schrievstuev.

„Puuuh!", ohmp Dieter deep us. Erich kratz sich am Kopp:

„Nu es joode Root düer, wa!" Hommele Konrad, dä Älste van dat Trio, es praktisch veranlaach: „Dä Pohl opstelle, dann nämmer mer os ene Zollstock. Wüüer doch jelaach, wemmer dat net henkrieje!" – Wie dä Pohl steht, legge se Mooß aan. „Verdammp! Dä Zollstock es völl zo kott", deufelt Möllisch Dieter. Singe Kolleesch Erich schöddelt met´m Kopp: „Nee die Fahnestang es zo huch. Mer bruche en Läer." En Läer widd aan dä Pohl jestallt. „Die Dress-Läer es ooch noch zo kott", merk Hommele Konn. Se holle ene Döijsch, stelle dä Läer dodrop. Et deht et emmer noch net. Erich kratz sich wier dä Dääz, weeß net wigger. Konrad jeht en Käez aan: „Ene Stohl op dä Döijsch on dä Läer drop... Dat mööt wahl fluppe." Se bruche noch ene zweide Stohl. Dä janze Opbou widd wackelisch, zo jefiehrlich, öm bes aan dä Spetz zo määße. Keene weeß en Lüesong. Se hange do eröm wie Froorezeijche.

Mertens Eva, en van dä Sekretärinne vam Chef, hat sich dat Spellche en Zicklang aanjekecke, jeht jetz stomm op die Stang zo, treck se ussem Boam, lett se op dä Äed falle. Dat apaat Fräuche nemmp ä Bandmooß on miss zoiesch dä Dörschmesser. „4 Zentimeter", schriev et op ene Zeddel. Dann määt et sich draan, dä Pohl van ee Eng zo demm angere zo määße. Et noteet: „5 Meter." On – husch – es et wier fott em Büro. Koom es et dä Eck eröm, knottert Möllisch Dieter: „Dat es wahl wier tüpisch Frau!" „Wiesue dat dann?", froore Konn on Erich wie us eenem Monk. Dieter well et net wohr han: „Mer mösse wesse, wie huch dä Scheiß-Pohl es on dat Fromminsch hat doch bloß jemääße, wie lang dä es!"

Dä Sonnesching em Huus

Mondaachs, Dengsdaachs on Donneschdaachs jeht Claßens Bernd en dä Meddaachszick et Enkelche ussem Kengerjaad holle. Dä Sonn on dä Schweijerdohter send dann beede op dä Arbeet, sue dat Oppa on Omma sich öm dat Kleen kömmere. Et Lina es allerdengs ooch dä Sonnesching van Oppa Bernd on Omma Erika. Se zerrieße sich för dat Mädche, merke evver wie möhsellisch et es, sich met äsu ene Wibbelstätz ä paah Stond zo beschäftije. Dat fönnefjöhrisch Lina hat Hommele em Hengisch, es net op´m Kopp jefalle on es för dat Alder üüßers pfeffisch. Luter es et jet am temptiere. Wenn net, hat et jet Nöijjes entdeck oder villeich jehuuet on Omma on Oppa mösse demm altkloore Fratz ene Hoof Froore beantwooede.

„Oppa, Kalema hat jesaat, dat do, wo Papa on Mama van Kalema herkomme, Nashörner läeve." Claßens Bernd es ä bessje rootlues: „Ähh, es ding Fröngdin Kalema dann ä schwatz Mädche?" Lina nick janz ärrens, Kalema wüüer van oeve bes onge schwatz on hött dä Kopp voll Kröllches. Jo, dann köeme dä Äldere van Kalema secher us Afrika, meent Oppa. „Do läeve neever Nashörner sujar ooch Löwe, Elefante, Zebras on Aape." „Woröm heesche die Diere eejentlich ´Nashörner´?", well dat Kleen nu wesse. Oppa explezeet, weil dat Dier ä jrueß deck Höör meddse op da Nas dräät. Omma misch sich en, hevv dä Zeejefenger: „Lina dovör bruchst du evver jetz net en dä Nas zo bohre!" Stonnsfooß fällt demm Kenk dozo en Frooch en: „Woröm send os Nasläucher äsu jrueß, dat dä Fengere do erenpasse on trotzdemm soll mer se net erensteische?" Bernd es am jrinse, Omma Erika schläät pärpläks dä Häng övver dä Kopp zosamme: „Woröm…? Woröm…? Woröm…? Woröm heesch dä Papajei Papajei?!" Däräk hook Lina noh: „Heesch dä Frau vam Papajei Mamajei?" Oppa schöddelt sich vör luter Laache.

Erika jitt sich am Bonne fitsche on scheck Bernd en et Jaadehüssje: „Em Schopp hange jo van dä Daachsprooße ä paah Säckches, die de jo sällever do draanjebonge has. Ich han övverall dropjeschrevve, wat dren es. Nämm dä Komp hee on holl mich jet Zuppejröön, dreij decke Äepel, ee jrueß Öllisch, en Hankvoll Bonnekruck on Liebstöckel. Ich kauch för Morje dä Bonnezupp ad vür." Lina well metjonn. „Nee, Kenk, et es am rääne… Em Jaad es völl Matsch. Oppa kütt doch däräk wier zoröck", hält Omma Lina aan dä Hank fass. „Ääh, Omma", plappert et Enkelche stracks, „mer liehre em Kengerjaad ad Englisch. Woröm saare mer eejentlich ´Ssänk jou very Matsch´ on net ´Ssänk jou very Dreck´?" „Nee, Kenk, do mosste Oppa froore. Ich kann kee Englisch…", wenk Erika af.

Oppa Bernd kütt jrad dä Düür eren, es am deufele: „Erika, do hat doch ene Bummskopp övver dä Heck erövver op os Veranda ä paah dreckelije Pariser jeworpe…!" Omma rieß verschräck dä Oore op, Lina spetz dä Uere: „Oppa! – Wat es en Veranda?"

Dä Spellmannszoch widd 90

Sebbe Mannslü steische dä Köpp zosamme, despeteere övver en Fessveranstaltong. Em Vorstand vam Trommler- on Pfeiferkorps komme Vürschlääsch op dä Döijsch för et 90. Jubiläom. Prells Jiered, dä Vorsitzender, erennert draan, dat se wahl zoiesch en Fessschreff op dä Been stelle mösse. „Do mösse zwei Freijwillije eraan on die mösse zoiesch dä Jeschäfte on alle Firme afklabastere, domet die en osser Heff för joot Jeld Reklame maache. Sonns könne mer os dat Bööchelche övverhaup net leiste. För et Jubiläomsprojramm hammer jo ooch noch ene Hoof Pinunze nüedisch." För sonn Aufjab mösse dä Schatzmeester on dä Schreffföhrer eraan. Dä Vorstand beschleeß enstemmisch, en Ajentur aanzospreische, domet för dä Fessovend jet zosammestallt widd, öm et Vollek joot zo ongerhalde. „Tösche dä Optrett van dä Künstler trädde mer met osser Spellmannszoch sällever op", bestemmp Prells Jiered, „do spare mer ad wier ä paah Pänning."

Dä Ovend kütt. Dä Saal beij Kriemisch Nöll es peckepackevoll. Et kütt jo wahl ooch net döcks vür, dat se em Dörp Besöök van Minsche hant, die se sonns mar us dä Flemmerkess kenne. Zoiesch jeht allerdengs dä Vorsitzender aan et Mikrofon, bejrööß dä Jäss övverschwänglich on verzällt jet van dä Vereinsjröndong em Johr 1929. Van dä Füüwehr dä Brandmeester Büttschens Hein hött damols met Höllep van dä Militär-Tambour-Major Jottfried Michels dä Spellmannszoch us dä Doof jehovve. Dann spelle dä Trommeler on Pfeifer zackisch wie noch nie dä „Torgauer-" dann dä „Flieger-Marsch". Endlich trädde vee apaate Wivvjes us Kölle op, brenge met schmessije Leedches dä Saal zom Kauche. Ohne miehrere Zujabe kütt dat Klieblatt net van dä Bühn. Met en Troon em Knoofloch wenk Prells Jiered die Mädchesjrupp us dä Saal on köndisch nu dä Bauchredner „Jünter met Jünni" aan.

Enzwesche es ene Barhocker dohen jestallt wuuede, wo sich dä Starjass jetz dropsetz, met en jecke Mannslüspopp op dä Knee. Dat Männeke frooch: „Jünter, weeßte eejentlich, wat en Blondine en dä Wüste määt?" „Nee, Jünni! Du kanns et mich evver bestemmp saare!" „Staubsaugen!", trumpf dä Zwersch batzisch op. Et Publikum johlt. „Wat es dann ´künstliche Entellijenz´?", frooch dä kleene Funzelmann wigger. „Mann Jünni! Dat kennt doch jeder hee em Saal. Dat hat jet met Roboter zo donn", wenk Jünter af. Dä Poppeknirps schöddelt dä Holzkopp: „Nee! Künstliche Entellijenz es en brung jefärrevde Blondine." Et Vollek verjnöösch sich kösslich…

Do sprengk dat Blondche Beers Ina im Saal op, schubb övver alle Köpp fott Richtong Bühn: „Ich han dä Nas voll van sonn bellisch Blondine-Witzjes. Wat hat en Hoorfärrev met dä Entellijenz van ä Minsch zo donn?!" Jünter, dä Bauchredner, fängk aan, sich zo entschöldije… Ina bröllt´m aan: „Err halt üch do erus! Ich spreisch met demm Aaschlauch op üer Knee!"

A B C D **E** F G H I J K L M N O P Q R S T U V W X Y Z

EN DÄ KAPELL Ä KÄEZJE OPSTELLE

Em Johr 1654 hat ene Mannskäel, Dietrich Mülfahrt met Nam, en ene Lengeboom schäänövver dä Kirech en Aldenovve ä Marijebeldnes entdeck. Zosamme met sing Fröngde Jatzwillisch Schäng on Lennartze Martin hant die dreij aan die Stell ä Hellijehüssje us Steen jeprosch. Fönnef Johr spööder looß dä Herzooch Philipp Wilhelm van Jülich kott doneever en Jnadekapell boue, wo dat Hellijebeldnes opbewahrt widd. Seitdemm piljere Kattelike van noh on wigg en dat Wallfaahtsdörp am Meezbach, öm zo bäene on öm Beijstand van dä Modder Joddes zo erbäddele.

Ooch dä Famellije Krechel määt sich em Johr 1959 aan ene Sonndaachmorje op´m Wäech noh Aldenovve. En ene Prozessijuenszoch met ronk hondert andächtije Lü, Pastuer on vee Meeßdeener, trecke se – dä Ruesekrangz am Bäene – övver dä stöbbije Feldwäech zo dä Wallfaahtskirech. Krechels Martha hat för Chrestian, dä Mann, on för Dieter, et Jöngsje, on för sich ad en dä Fröh Rühreier jemaat, domet Botteramme jeschmiert. Met ä paah Pulle Wasser on en Flasch Kakau hat et die Dubbele en ene Knappsack jepack. För zo ääße on zo drenke es alsue för dä janze Daach jesörsch. Allerdengs wüüer Martha on Chress noch mieh Pöngeleij net zo schwoor, wenn se dodörsch dä Höllep van dä Modder Joddes erhalde könnte. Se send am Boue. On beede mösse schwoor wirke, domet se dat Huus afjestrampelt krieje. „Dieter soll et ens bessser han wie ossereene", wönsche die zwei sich emmer. Doför bäene se on piljere jetz. Et Ihepaah Krechel well dä Jong dä beste Beldong beene. Papp säät zo dä Kleen luter: „Du moss joot liehre. Dann jehste op et Jümnasiom noh Övverbach. Do kannste joot alleen met´m Fahrrad henfahre. On spööder bruchste net äsu zo schravele wie Papa on Mama."

Dä aachjöhrije Dieter weeß op kenne Fall, wat ä Jümnasiom es, bäent evver ooch doför, domet hä dohen jonn kann. En dä Jnadekapell stellt jeder van dä Famellisch Krechel ä Käezje op. Dann jonnt se en dä Meeß en dä Wallfaahtskirech. Langsam falle demm Stropp dä Oore zo. Hä quält sich schään dä Schloof…, bes dä Dechant aanfängk op dä Kanzel häll zo präedije. Dat määt´m wacker on nöijjierisch. Dä Jeesliche verzällt, hee wüüede dä Lü sich morjens övverlegge, wat se för Pluute aantrecke solle. Dä Huusfrau wüüed sich Daach för Daach froore, wat se dann hü kauche soll. En Afrika en dä Sahelzone hödde dä Minsche nix zo ääße, beij övver 40 Jrad nüüß zo drenke. On Klamotte zom Aantrecke hödde se suwiesue net. En dä Kollekte wüüed met´m Körvje ronkjejange, öm för dat ärm Vollek zo sammele.

Papp hat ooch jet jespendt. Dieter stüss´m aan: „Papa, hant die en Afrika kenn Hembde?" „Pssst!", määt Papa, „höösch! Nee, die hant kenn Hembde." „Ähh, send die janz nackelisch? Hant die ooch kenn Boxe aan?" – „Nee, die hant ooch kenn Boxe." – Dorophen well Kleen-Dieter wesse: „Woröm haste dann ene Boxeknoof en dat Körvje jeworpe?!"

En Noss zo knacke

Althoffs Fritz es en Brass. Hä zaut sich, sich jet zo wäische on jau ömzotrecke. Hü taach dä Kirechevorstand, en demm hä seit Iwischkeete Metjleed es. „Nu komm mich des Naat net wie et letzte Mol voll wie en Üll nohheem jeschravelt!", schubb Christien, sing Frau, on hevv jefiehrlich dä Zeejefenger. „Nee", schöddelt Fritz dä Kopp, „mer hant mar eene Punk zo beschleeße. On zodemm wolle mer all pünklich em Fernseher dat WM-Hallevfinalspell en Mexico – Dütschland schään Italien – senn. Ich han dat Jeföhl, hü, dä 17. Juni 1970, widd wahrscheinlich en dä Fußballjeschichte enjonn…"

Dä Kirechevorstand hat seit ´m Duet vam Kööster Armbruster die Noss zo knacke, en nöij Höllep zo fenge, die ooch Orjel spelle kann. Weil dä ärm Kirech net jenooch Fänninge hat, sollt hä dä Kirechedeens am leevste neeverbeij maache könne. Dä Kirechedeener Armbrustisch Karl hott zodemm sujar dä Kirechechur derijiert. Hä woor Kreeschsenvalit, moot emmer ä Läerkorsett draare. Et wuued emmer jemullt, ohne singe Brosspanzer wüüer hä zosammejeklapp wie Täischemetz. Evver hä konnt domet aan dä Orjel setze on spelle. On hä verdeenet sich zosätzlich jet Jeld met Versecheronge. Kühnens Will, Schrödisch Hermann, Krommbachs Petter, Linzenischs Albäet on Althoffs Fritz trääfe sich met Pastuer Weinbersch em Pfarrheem. Dä Vorsitzende Krommbach fängk aan: „Bes op Fritz on dä Häerr Pastuer – semmer all Buure… On weil Fritz met singe Fuhrbetrieb wigg erömkütt, hat hä sich aanjeboone, zwei Kandidate – eene ussem Bijau, dä angere us Richterich – onger dä Lup zo nämme. Fritz, ich hoff, du brengs os joode Nachrichte met!"

Althoffs Fritz raaf ä paah Zeddelches zosamme: „Ähh…, wie jesaat… Ich woor zoiesch… Alsue beede send em beste Alder… Beede send Orjaniste. Dä Kirechedeens för ene Kööster wolle se jau liehre. Wie et schingk, send die zwei ärm wie Kirechemüüs. Doför hat jeder nohjefrooch, of hä net stondewies noch jet angisch wirke könnt. Beede hant Famellije. Se bruche mieh Flocke, wie mer berappe könne…" Fritz moss ens hoste. „Nu han ich mich övverlaat… Ich han en minge Fuhrbetrieb jetz dreij LKWs. Eene fahr ich noch sällever. Äsu ene Kööster könnt entewell beij mich em Büro ä paah Stond wirke…" Pastuer Weinbersch beklatsch dä Vürschlaach, es jenausue aanjedonn wie dä komplette Kirechevorstand. „On wemm schlääste vür för os Kirechejemeende?", well dä Vorsitzende van Fritz wesse. „Mhm…, ich han erusjekreejt, dä Käel us Richterich süff wie ä Loch. On dä Schwittjee us Bijau kann beij dä Fraulü dä Fengere net beij sich halde." „Cholera oder Pest! Ene Sööfer oder ene Föttchesföhler?!", schläät Kühnens Will dä Fuuß op´m Döijsch, „beede läeve en Söng! Wat maache mer nu?"

Pastuer weeß: „Mer nämme dä Föttchesföhler. Dä Sööfer widd ooch em Alder noch suffe. Doschään widd em Alder Daach för Daach dä Fleeschesloss op Wiever nohlosse."

En Pill för dä Mann

Flocke hat Faßbendisch Chress jenooch. Dauch wat nötz dä janze Schotter, wemmer net joot dobeij es?! För Jeld kammer sich kenn Jesonkheet koofe. Hä hat dä ieschte Weltkreesch wahl heel övverstange, föhlt sich evver nu sebbe Johr spöder luter mies. Chress sing Frau Nettche schleef höm ad Moonde van Dokter zo Dokter. „Alles mar Quacksallever on Halsafschnigger", schubbe se beede. Jetz hant se van en Nohberin van äsu ä Deufelswiev jehuuet, wo mer fröhsch Hex zo saat. Jöss maache se sich op´m Wäech noh Donka Weiss.

Dat Fromminsch wönnt Engs van ä Dörp tösche Jülich on Lennich, noh an dä Ruu. Kott vör dä Enjangsdüür van demm Hüssje widd dä Häerr Fassbender doch jet fleu em Maach: „Nettche, meenste dat wüüer jetz et Richtije? Alleen dä Nam ad van die Schnall… Wer heesch dann ad Donka? Donka Weiss? Dat kütt mich hee alles net janz koscher vür… On kick dich ens dä Jaad van demm Donka Weiss aan! Do steht jo ä Kruckzeusch, nee, sujet han ich jo noch nie em Läeve jesenn. On do töscher dabbe on schieße en Häed Honder eröm." Sing Frau jeht op kenne Fall op dä Kall en on schubbs Chress en et Huus eren. – Donka Weiss es kenn ahl usselije Hex. Donka es jong, ä Beld van en Frau, die flöck dörsch dä Wonnong hen on her fäesch. Övverall hängk Kruck zom Drüje, op ene Heed on op ene Oefend kauche, brutzelte on dämmpe Planze, Pilze on Blööte en Pött on Kässele. Donka strisch sich dä lang schwatze Hoore henger dä Uere, jitt Chress on Nettche dä Hank: „Wat kann ich för üch donn?"

Dä malade Mannskäel stroddelt: „Ääh…, wat soll ich saare…? Mhmm, wesst err, ähh…, mich dröcke zwei fies, fleddije Messhellischkeete… Ähem… Ieschtens han ich kenne Jeschmack mieh op dä Zong, on zweidens kann ich kenn Wohrheet mieh saare." „Dann maat ens dä Monk wigg op!", well Donka ens en dä Mull van Chress luuere. „Aha!", säät et noh paah Minütte, „maat üch kenn Sörsch! Dat krieje mer janz flöck wier hen. Ich moss üch wahl saare, datte Heelong on dä Ahzneij zosamme 20 Mark kooße…" „Jo, wenn et dann bloß mar hellep", wönsch Nettche sich. Dat lecker Kruckhexje lett die zwei alleen, jeht jet em Jaad hangteere. Et nämmp sich ene Löffel voll jedrüschde Honderdreck, vermengk dat Schießhööfje met jestoßene Zucker, driehent dodruss ä deck Küjelche. „Hee", säät et zom Häerr Fassbender, „probeet dat ens! Die Pill widd üch secher hellepe." Hä köjt, vertreck et Jesieht on bröllt stonnsfooß op: „Iihhh! Baah! Dat schmäät jo wie Honderkacke!"

„Siehr joot", freut dä Heelerin Donka Weiss sich zofriehe, „et hat ad joot jehollepe. On dat däräktemangs beijm ieschte Mol. Zapperlot!" Chress on Nettche kicke sich froorend aan. „Dat moss üch doch noch mieh wie 20 Mark wert senn", hält et Fräuche Donka dä Hank wigg op, „err hat seit lang Zickde et ieschte Mol wier Jeschmack op dä Zong. On err hat dä Wohrheet jesaat! Et es nämlich tatsächlich Honderkacke!"

Et es noch Äezezupp do

Denne Muschenichs kläevet et Pech aan dä Steffele. Zoiesch woor dä Omma janz puffpaff jestorve. Ä paah Wääche spoder moot dä Dohter, et Irmjard, en Kur jonn. Dä Dokter hott jesaat, et hött et op dä Bross, et sollt ens met dä Höllep vam Mütterjenesongswerk aan dä Nordsee fresche Luff schnappe. Irmche maachet sich evver Sörsch, dat Jierd, dä Mann, on Heinz-Willi, dä Sonn, net parat komme. Dä Jong hott jrad sing Liehr beijm Schlossermeester Karduck aanjefange on Jierd jing emmer op Fröhschich en dä Papiehfabrik maloche. „Wie jeht dat mar met´m Ääße met die beede?", maachet Irmche sich Kopping, weil keene van die zwei kauche konnt. „On wer wirk, bruch jet tösche dä Rebbe", maachet et dreij Krützzeijche vör dä Afrees, domet et Häerrjöttche dä Hank övver dä Famellisch hält.

Heinz-Willi koam van dä Arbeed noh Heem, precket sing Arbeedstäisch en dä Eck on maachet däräk et Radio aan. „… Come on, let´s twist ägäin…like we did last summer", jrad wie et am Fetze woor us dä Lautsprechere, bröllet Papp ad: „Maach öm Joddes Welle die Nejermusik us!… Mer könne ooch ääße jetz!" „Wat jitt et dann hü zom Köije?", wollt dä 16-jöhrije Hallevstarke wesse. „Äezezupp", saat Vadder Jierd. Heinz-Willi vertrock et Jesieht: „Wat? Ad wier Äezezupp? Seit Mamm fott es, kauchste mar Äezezup. Äezezupp, Äezezupp on noch ens Äezezupp! Jitt et nix angisch mieh?"

Papp hauet met dä Fuuß op`m Döisch: „Dich soll ä Minsch

bejriefe! Am Monndaach hat dich ming Äezezupp joot jeschmaat. Am Dengsdaach on ooch am Mettwoch haste dich noch zweimol ene Teller voll nohjeschäpp. Ooch am Donneschdaach hat dich dä Äezezupp jeschmaat. Jestere haste sujar äsu erenjehaue, dat ich jedaat han, ich hött net jenooch Äezezupp jekauch. On hü wellste – paafdisch – kenn Äezezupp mieh senn. Su jeht dat net, Käelche! Hee widd jejääße, wat op´m Döijsch kütt. Dat wüüer jo noch schönnder… Jevv mich dinge Teller erövver!"

„Joode Honger!", wönschet Papp on löffelet sing Zupp. Heinz Willi rööhret jet em Teller eröm: „Ähh, Papa,…" „Beijm Ääße sprich mer net", ongerbrooch Papp däräk. Dä Sonn nohm ä Löffelche Zupp, öm noch ens aanzosetze: „Hüüer, Papa…" „Halt dä Schnüss, han ich dich jrad iesch jesaat", woor Huushäerr Muschenich op Hondertachzisch, „beijm Ääße widd net jemullt. Merk dich dat!" „Evver…", versööket Heinz-Willi noch ens sing Saach vürzobrenge. Vadder paafet dä Löffel op´m Teller. „Hee jitt et kee ´evver´! Es dat jetz aanjekomme beij dich?" – „Jo!" En Zick lang huuet mer beede bloß löffele. „Hhm, dat hat noch ens jeschmaat", lecket Papp sich dä Leppe af, „Jong, nu daafste noh Loss schwaade. Wat wollste mich dann saare?" – „Ja, jetz es et zo spoot, Papa. Jetz haste die Dressfleesch metjejääße!"

Et letzte Stöndche schläät

Jedem en dä Famellisch es hü noch vör Oore, wie Opa 1958 jestoreve woor. Dä janze Verwandte-Bajaasch sting oder sooß öm et Stärevebett eröm. „Jejrüßet seist du, Maria, voll dä Jnade, dä Häerr is mit dir…", dä Ruesekrangzperle rötschete dörsch dä Fengere. Of Opa Karl, dat noch metkreejt? Singe Kopp looch stell on bleech met jeschlooße Oore en dä Kööße, sing schwoor Häng – ä Läeve lang sing Werkzeuje – rouhete op et Plümmo. Et letzte Stöndche schläät. Käät, dä älste Dohter, wooß, wat zo donn woor. Et tuschelet Mamm en et Uer: „Ich maach alles parat… Pastuer es bestemmp ad för dä letzte Öelong op´m Wäech."

Käät legg ä stief jestärk Deckche met ä jesteck Lamm Joddes op dä Kommod em Schloofzemmer, stellt zwei Käeze drop. Et övverlegg, wat noch nüedisch es. „Ännche", treck et dä jöngste Schwester op Sied, „mer bruche zodemm ene Teller met Salz on Watt, ä Weijhwasserdöppche, ä Krütz, ä Buxboomstrüüßje, ä Jlas Wasser on ä reen Hangdooch." Änn zaut sich – op Ziehenespetze – us dä Düür zo komme. Köbes, dä Mann van Käät, määt dä Deckelamp us on knips et Naatsdöijschlämpche aan. Do hüüere se all van wigg Schelle klengele. Zwei Meeßdeener met Pastuer Kranebersch köndije sich aan. En dä Wonnong hant dä Wäng on Jardinge seit Iwischkeete dä Jeruch van Brootäepel met Speck on Öllisch opjesuurt. Ä bessje rüschet mer ooch dä

Duff van Bonnekaffe dörsch. On hü, et friedaachs, hängk emmer noch jet angisch en dä Luet: fresch Jebackenes.

Nu treck evver Hellijes en dä Nase van dä Famellisch Hoffmann. Dä Schwaam vam Weihjrooch, dä ene van dä Meeßdeener em Turibulum am schwenke es, wabert dä Trapp erop zom Stärevelaarer. „Dä Friede des Herrn sei mit diesem Haus und allen, die darin wohnen", es Pastuer am sabbele. All schlaare se et Krützzeijche. Sujar Friedel, dä nie en dä Kirech jeht. Dä Jeesliche Kranebersch streut ä paah Köörches van demm Salzhööfje en dat Jlas Wasser, besprengk dä Verwandtschaff domet. Irjendwo us sing schwatze Soutan met ä wiss Kollar zaubert hä ä kleen Fläschje erus, kipp et, lett ä Drüppche Öel op dä Dumm falle, strich domet – Lating am brabbele – övver dä Stier, dä Oore, dä Nas on dä Monk van Opa Karl. Puffpaff – wie vam Bletz jetroofe, rieß dä Duetjeweijhte sing Oore op. Sing Leppe fange aan zo zeddere. Dä Häng jriefe wie Schruvvstöck en et Plümmo. Verdattert bleck hä öm sich, schingk sich övver dat Vollek öm sieh Bett eröm zo wongere. Sing Oore fenge sing Frau; se setz neever höm: „Traudche, wat es hee loss?" Traud loofe dä Troone vör Freud on Schreck dä Backe erav.

Opa treck ä Ponk Luff dörsch dä Nas, schnoppert: „Traudche, ich rüsch, datte jebacke has… Wat jitt et dann?" „Schwatze Flaam", säät Omma Traud. „Dann schnigg mich mar ens ä Stöckche af", leck dä alde Schmecklecker sich dä Leppe. „Öm Joddes Welle, Karl! Dat jeht net. Dä Flaam hammer doch ad för dinge Beäedijongskaffe jebacke!"

Der Herr Jedönsrat trifft…

… den renommierten Quantenphysiker **Prof. Tomasso Calarco** vom FZJ Jülich. Auszug: JN/JZ

Foto: Burkhard Giesen

Herr Professor Calarco, haben Sie eine Vorstellung, wieso unser Gespräch in einem Schuhgeschäft stattfindet?

„Wegen des Begriffs ´Quanten´ für Füße. Ich habe den Ausdruck im Jülicher Rurgebiet erfahren."

Erklären Sie einem sechsjährigen Kind mal Ihren Job!

„Ich baue Computer mit klitzekleinen Atomen, die dann im Rechner herumschwirren. Um sie zu beeinflussen, zu manipulieren, werden

Elektroden oder Laser verwendet."

In der Quantenphysik spricht man von verschiedenen Arten von Teilchen. Laien wie ich entdecken diverse Teilchen lediglich in den Bäckereien. An der Kirsche, die diese delikate Backware häufig ziert, ist sogar schlichtweg Kernforschung möglich: Kirschkern oder kein Kirschkern? Herr Prof. Calarco, welche Teilchen suchen und untersuchen Sie?

„Tja, Elektronen und Atome und Photonen sind komisch. Teilchen von Materie und Licht. Wird das Licht runtergedreht, glimmt es nur noch punktuell."

Für Nichtfachleute sind physikalische Erkenntnisse meist böhmische Dörfer. So hält mancher ein Lichtjahr für seine Stromabrechnung für zwölf Monate. Ist die Quantenphysik heutzutage imstande, exakt zu bemessen, wie viele Lichtjahre entfernt für uns noch sichtbar ist?

„Die Quantenmetrologie ist in der Lage, Zeit und Raum extrem präzise zu erfassen. Mit Mini-Spiegelchen und Lasertechnik sind Gravitationsunebenheiten und -wellen haargenau messbar."

Als international wissenschaftliche Koryphäe haben Sie grundsätzlich zwei Probleme zu lösen: 1. Die Erforschung und Erstellung des unfehlbaren Quantencomputers, und 2. der Papierkrieg für die Forschungsgenehmigungen sowie -gelder. Welcher Kampf ist schwieriger zu bewältigen?

„Der Papierkrieg, der bürokratische Aufwand, ist eindeutig der beschwerlichere Kampf."

A B C D E *F* G H I J K L M N O P Q R S T U V W X Y Z

Fachlü för alles

Se trääfe sich jede Daach em Trappehuus. Jakobs Lies on Schlossmachisch Jreet wonne en dä ieschte Etaasch Düür an Düür. Et verjeht kenne Daach, aan demm die zwei sich nix zo verzälle hant. Ooch hü stonnt se wier em Kiddel, met Koppdooch, op dä Schrubbere jestötz em Flürche. „Nee, Lies", fängk Jreet däräk aan zo küüme, „wat han ich Uereping! Maach ich dä Kopp ä bessje noh lenks, deht mich dat lenke Uer wieh. Driehen ich dä Kopp noh räets, stich et mich em räete Uer." Lies weeß Root: „Dann mosste onbedengk noh ene Uereloore jonn." Dä Frau Schlossmacher zaut sich, ene Zeddel met en Bleijfäer zo holle, öm sich dä Bezeijchnong „Uereloore" opzoschrieve.

„Meenste, dä könnt mich hellepe?", nemmp Jreet dä Fahm van ieschte wier op. „Villeich han ich van dä Steijsch em Uer ooch luter ene stiefe Nack. Ich kann et Jenick koom bewäeje. Net van vüüre noh henge on noch wennijer van een Sied op die anger. Dat es dä Höll – mieh Jenick!" Dä Nohberin zeesch deep Metjeföhl. Ping em Jenick wüüere sujar läevensjefiehrlich, meent se. Met ä stief Jenick mööt mer flöck zo ene Spezialiss, zo ene Jenickoloore jonn. Jreet lett sich dat Wooet „Jenickoloore" boochstabiere, schriev et op dä Zeddel. „Datte dat alles weeß, Lies, …", staunt Jreet Bouklötz, „evver ich ben dich wirklich dankbar doför. Kennste dann ooch ene Dokter för ming Jedärm?

Ich han ad Wääche äsu ä Trecke em Jedärm. Wat dat Kniepe en dä Därm alles met mich määt, wenn ich ens noh´m Klo moss… Nee, dat well ich dich jar net beschrieve." För Kniepe on Trecke en dä Därm wüüer jewess ene Därmatoloore dä Richtije, dä hellepe kann, es sich dä Frau Jakobs hondertprozentisch secher. Jreet kritzelt sich op dä Zeddel „Därmatoloore".

Et hält dä Hank för dä Monk, fängk aan zo tuschele: „Et moss jo kenne hüüere…! On et es mich äsu onanjenehm,… wirklich peinlich… Ich han jrueße Moläste met – wie soll ich et dich explezeere? – met, ääh, mieh Pischi. Ben ich op ä Kaffekränzje, kann ich et Pischi net halde. Dat jeht ad am Döijsch loss." Ooch hee weeß Lies Bescheed. Do mööt mer zo ene Pischoloore jonn. Jreet schriev et sich op. „Joot, datte dich uskenns", freut Jreet sich, „dann weßte bestemmp ene Root för ming Hämoriide, wa?! Op dä räete Aaschback kann ich net setze, op dä lenke jenausu wennisch. Setz ich op dä janze Hengisch han ich Ping wie Sou." „Fachlü jitt et för alles", beschwichtisch Lies. „Fleesch en Urlaub noh Äjüpten! Do send dä beste Arschäoloore op dä Welt." Schlossmachisch Jreet schriev op: „Arschäoloore on Reese-Kataloore van Äjüpten".

„Haste ooch ene nötzliche Tipp för bellije Medikamente?", frooch Jreet. Lies övverlegg net lang: „Secher! Am beste, du kööfs för jedes Molästche ene joode Tee. Beijm Teeoloore." Jreet ielt en dä Wonnong: „Ich maach Termine beijm Uereloore, Jenickoloore, Därmatoloore, Pischoloore on Arschäoloore on jonn hü noch zom Teeoloore!"

För ene Appel on ä Ei

Fönnef Puute spetze dä Uere. Hant se do druuße net ä Jebimmel jehuuet? Se send net mieh en dä Köijsch zo halde, wo Mamm jrad dä Döijsch am Decke es. Wenn Jonathan Salomon met sing Päedskaa kütt, op´m Kutschbock met ä Hangkjlöckche schällt, stonnt alle Pänz parat. Se könne emmer ä lecker Zuckerklömpche erwaade. Dä Kriemer Salomon weeß: Met Speck fängk mer Müüs. Papp es evver dessmol met dä Kenger erusjefäesch. Dä Buur Ferdinand Tuckermann well ens kott met singem Schöllkamerad Jonathan alleen spreische. „Booh, bes du sonn Hetz am maache?", fängk hä aan, „su heeß on drüsch wie jetz em Aujuss 1904 hammer et noch nie jehat. Os Früet es op´m Feld am Verdrüje."

„Schma Jisrael, Adoischem elaukäinu Adoischem echod." Övver sonn Antwooet wongert sich Ferdi: „Dat hüüet sich aan wie Bäene… Hoffentlich för Rään, wa." „Net mar för Wasser", jömmert dä Jüdd Jonathan. „Wo soll ich van läeve? Wenn dä Buure nix verdeene, han ich ooch mar Stöbb em Jeldbüggel. Dobeij han ich wier dä beste Werkzeuje för ene Appel on ä Ei aanzobeene. Bruchste kenn nöij Sechele, Sense, Strüetzmetzer, Säeje, Äx, Beijele? Ich han ooch onverwöösliche Schöppe, Hacke, Schuffele, Beschläesch, Päede- on Oeßejeschiere, Schoof- on Heggeschiere on Kette op´m Waan. Ich loss dich en Broschur hee övver fantastische Häckselmaschinge…" Do sollt mer wesse, för jrueße Jerätschafte nötz Jonathan Salomon ene joode Droht zo en Jeeßereij on Schlossereij. Van singe verstorvene Papp ene Broer, alsue vam Jonathan dä Ühem Pinkus, van demm dä Nohber, dä kennt ene Schmett, dä verhieroodt es met ä Fromminsch, dat en Kusien hat, die enem Käel versprauche es, dä ene Fröngk van ene Schlosser en en Fabrikatzijuen för Werkzeusch on Ackerjeräte noh beij Kölle es.

„Nee!", schöddelt Ferdinand met´m Kopp, „ich moss dich noch zwei Rate för dä Ploch lühene. Net bloß weil mer zosamme dä Schöllbank jedröck hant, bett ich dich, seij äsu joot on loss mich iesch en dreij Moont wigger afstottere! Dann ben ich hoffentlich wier flössisch." Jonathan dapp sich am Kenn: „Mhm, mer hant doheem ooch nüüß mieh zom Bisse… Evver weil du et bes…" Dä Buur schläät Jonathan op dä Scholder: „Ming Frau hat Muurestampf met sööße Has jekauch. Ääß doch met os." Ferkes, Hase on Kning wüüede Jüdde nie ääße, versechert dä Kriemer. „Dann kimmelste evens mar Muurestampf… Hüüer! Saach evver bloß nix dä Kenger! Die hant dat Häsje ´Moppelsche´ richtisch leev jehat. Se wesse net, dat dä hü em Kauchpott jelandt es", tuschelt Ferdinand demm ihemolije Klassekamerad em Uer.

Dä fönnef Puute setze opjereijht neeverenander am Döijsch wie dä Orjelspiefe en dä Kirech. Papp, Mamm on Jonathan luuere, wie se met jode Honger am Schmatze send. Met voll Backe, sich dä Leppe am Lecke frooch dä veejöhrije Dotz, wat se dann do leckisch ääße wüüede. Papa Ferdinand kick en dä Röng: „Kenger, root ens! Ich jevv üch ene Tipp: Mama säät dat af on zo zo mich." „Ihhh!", fuppdisch spöijt dä älste Dohter alles us. „Ääßt dat bloß net!", schieb et dä Teller wigg van sich fott, „dat es ä Aaschlauch!"

FÖR ET PROTEKOLL

Dä Schandarm määt ä Jesieht wie sebbe Daach Rään. Statt jetz kommod em Püss zo legge, hat Nüülens Kaspar em Mai 1852, aanfangs van dä Ieshellije, ene kneffelije Fall zo lüese. Stief on staats steht hä en sing könnischliche Uniform vör ene Lichnam. Op dä ieschte Bleck sitt hä, dä Duede es kenne Jerengere wie dä rischste Buur on zojlich dä jrötste Kniepsack em Dörp: Bäckisch Joswin. Aanjestrengk kick sich dä Schandarm en die kleen Köijsch öm, wo vör dä Spöölsteen usjestreck op ´m Jebönn singe Fall zom Opkläre wäät. „Frau Pohl – för et Protekoll", klopp Nüülens Kaspar met en Bleijfäer op ä Notizbööchelche, „wie es dat Mallöör dann passeet? On wat hat dä Häerr Bäcker et naats hee beij üch zo donn?"

Pohls Nellie es noch janz opjelües: „Ich han demm nix jedonn. Dat schwör ich beij demm Läeve van ming dreij Kenger. Dä Buur es ömjefalle on woor duet." „Frau Pohl – för et Protekoll: Wat määt ene verhieroodte, fuffzischjöhrije Käel meddse en dä Naat beij en 30-jöhrije jong Wettfrau em Huus?" Nellie kritt Wasser en dä Oore: „Häerr Schandarm... ich ben iesch 28 Johr alt, evver ad Wettfrau. Minge Mann es jo damols vam Daach jefalle... Seitdemm moss ich dä Pänz alleen versörje. On jlöövt mich, et Läeve es düer. Ich jonn beijm Buur Bäcker em Huushalt on em Stall wirke. För 10 Stond Schennereij dä Daach verdeen ich bloß 38 Kreuzer. Minge Huushalt hee koss mich evver em Mont satt övver 3 Taler. Zom Jlöck es osser Hüssje met Köijsch on zwei Zemmersches Eejedom…"

„Frau Pohl", ongerbrich dä Poliss, „för et Protekoll: Wat woor hee loss?" Dat apaat Fräuche wöijsch sich met ene Zibbel vam Schötzel ä paah Tröönches us dä Oorewenkele: „Et woor äsu… Letzte Wääch klopp et ovends spoot aan dä Düür. Et woor dä Buur. Hä hat jet erömjdrucks on meenet irjendwann: ´Nellie, du has sonn schönn lang, ruede Hoore… Daaf ich dich ens dodrövver strischele?! Ich jevv dich 1Taler doför.´ Mann, wat ene Hoof Jeld för mich!" „Frau Pohl", dä Schandarm zwirbelt singe Schnäuzer, „för et Protekoll…" „Es joot", beschwichtisch dä Wettfrau, „ä paah Daach donoh sting dä Bäckisch wier op dä Dürpel. Hä legg mich 3 Taler op dä Döijsch, kütt däräk zor Saach: ´Nellie, die send för dich, wenn ich ens övver ding Bross strischele daaf.´ Häerr Schandarm, beij äsu völl Schotter konnt ich net nee saare. Ming dreij Jonge frääße mich dä Hoore vam Kopp." Nüülens Kaspar kick streng: „Frau Pohl, för et Protekoll… Wat es des Naat jewess?" „Ääh…", stroddelt dat Wivvje hibbelisch, „dä Plackfisselsbuur koam, legg mich 5 Taler hen – fönnef Taler! –, pack mich am Mau on tuschelt mich em Uer: ´Nellie, wenn ich dich hü janz on jar nämme daaf, es dä Zaster för dich.´" Dä Schandarm schriev jet em Notizbööchelche: „Frau Pohl, för et Protekoll… Wie es Bäckisch Joswin jestoreve?"

Nellie jitt sich ene Ruck: „Wie ich demm Fänningsfötzer saat: ´Boh, fönnef Taler?! Die angere jevve doför mar 2 Taler.´ Do hat ´m dä Schlaach jetroofe, kipp öm on es duet."

A B C D E F G ***H*** I J K L M N O P Q R S T U V W X Y Z

HEE KAMMER JET LIEHRE

Dä alde Adenauer woor am Rejiere. Et Land moot opjebout weede; et joov Arbeet zom Baschde. Dä eejene Lü woore koom en dä Laach, äsu ömfänglich Werk ohne Höllep zo schaffe. Alsu hat mer Jassarbeeder enjelade, öm met Hank aanzolegge. Onger dä ieschte Italjääner, „Spajettis", die noh Sieschdörp op dä Kull Emil Mayrisch koame, woor Natale Accardo. Nu broot hä sing ärm Äldere, die emmerhen sebbe Kenger zu versörje hodde, net mieh op dä Täisch zo legge. Hä verdeenet jetz 18 Mark för en Schich onger Daach. Do looß sich joot van läeve on hä scheckt noch ä Deel dovan noh Heem. Ußerdemm wonnet hä em Ledijeheim en dä Heidjaaß zo en Zemmermiet van bloß 25 Mark dä Mont. Net mar wejen demm Luhen hotte singem Broder jeschrevve, hä sollt nohkomme. Nee – alleen hott hä fies Heimwieh.

Em Määz 1958 betrett Matteo Accardo em Bahnhoff Kölle-Deutz et ieschtemol rheinische Boam. Natale es övverjlöcklich sieh Bröderche em Ärm zo halde. Am näkste Daach schleef hä dat 18jöhrisch Käelche däräk met op dä Kull. Nu woor evver flöck zo senn, dat dä Matteo äsu fimschisch Jöngsje woor, wat äsu en schwoor Arbeet net maache konnt. „Ich hellep üch!", merket dä Steejer, wie bedröck die zwei woore. „Pack dinge Persilkatong! – Ich besörsch dich ä anger Werk", hüüere dä Italiener on… verstonnt kee Woet. Krechels Fritz weeß allerdengs, wie hä dä „Spajettis" dat kloor määt. Hä schnapp sich dä Matteo en singe Käfer: „Mattes, du has en Fijur wie ene Piccolo… Minge Schwoorer bruch ene Kellner em Restorang. Ristorante! Capito?" „Si", säät Matteo, hat evver nix capito. En dä Jassstuev aanjekomme, jeht höm ä Liet op. Hä strahlt wie ene Chressboom; hee kannte jet liehre för spöder, weil hä aan dä Adria en Pizzeria opmaache well. „Mille grazie!", bedank hä sich beij Fritz.

Demm singe Schwoorer Bäätes, dä Wiet vam Restorang „Em Hüssje", hat Matteo däräk et Zemmer jezeesch on höm am Döijsch on en dä Köisch enjewiese. Matteo – mar Mattes jeroofe – stallt sich joot aan. Hä liehret en zwei Johr jenausu flöck zo bedeene, zo kellnere, jet zo kauche wie ooch dä Sprooch zo verstonn on zo mulle. Irjendwann, et sonndaachs, sooß dä Börjermeester Möller met sing Famellisch am Döijsch.

„Ich breng üch ad ens dä Kaat", woor Mattes flenk ongerwääs. „Wat daaf ich üch dann jefälles zo drenke brenge?", sting hä paah Minütte spöder met´m Schrievblöckche vör dä Famellije Möller. Hä könnt ooch däräk et Ääße brenge, meenet dä Börjermeester. „Mer nämme all dat Daachesmenü. Bloß dä Kenger krieje Fritte met Majo dobeij statt Äepel met Zaus." „Es jebongk!", ielet Mattes en dä Köisch. Dä Börjermeester wenket dä Chef zo sich: „Bäätes, wat haste do för ene Piccolo? Dä kallt jo platt wie du on ich!" – „Psst! Nix saare… Dä jlööv, hä mullt dütsch!"

Hellep os en dä Nuet!

En dä Praxis vam Dokter Lüdenscheid jeht et dengsdaachs morjens emmer zo wie en ene Duvveschlaach. Vör sebbe Uher en dä Fröh stonnt mieschtens ad dä ieschte Patziente vör dä Düür. Et Melanie, en Höllep vam Dokter, määt dann pünklich dä Düür op. Dat jong Fräuche fängk stracks aan met Blootafzappe för dä Zuckertess. Jrevens Pit moss sich noch jet em Waadezemmer jedölde. Singe Termin es iesch en hallev Stond spööder. „Och…, Karl…! Morje! Dich han ich ad lang net mieh jesenn", triff hä do ene alde Bekangde, „tja, wemmer en dä Johre kütt, sitt mer sich mar noch beijm Dokter oder op ´m Kirechhoff."

Mayburschs Karl määt ä Jesieht wie sebbe Daach Rään. „Morje!", brommp hä biestisch, jömmert stonnsfooß: „Es doch suwiesue strongsejal, of mer hü ene Hätzpaaf kritt oder morje versüff." Jrevens Pit wongert sich net schläet: „Wat es dich dann för en Luus övver dä Läever jeloofe. Äsu essischsuur kenn ich dich jo jar net. Fröhsch wie mer noch zosamme en dä Füüwehr woore, han ich dich angisch en Erennerong. Do haste nie ens jeküümp, has emmer vürwääts jedaat." Karl wenk af, meent, dat seit damols wahl ooch ad völl Wasser dä Ruu eravjeflooße wüüer. Et wüüer net bloß dä Jesonkheet, die eenem zo schaffe määt. „Nee, ich maach mich Sörsch öm dä Weltongerjang. Van morjens bes ovends driehene sich ming Jedanke dodröm. Ich krisch dat net mieh us dä Kopp." Pit es baff. Höm fäehle dä Wööet. Karl lett sich wigger us: „Ich jlööv, ich weed op minge alde Daach noch fromm…, ääh…, besser jesaat relijijöös…"

Nu kann dä ihemolije Füüwehrkamerad Jreven net mieh aan sich halde: „Wat? Usjerechnet du?! Wenn damols Pastuer beispellswies ä nöij Ensatzfahrzeusch enjeweijt on jesäänt hott, haste dich verdröck. Dann hottste jeschubb, osser Schotzpatruen dä Hellije Florian soll sich met alle Joddesdeener zom Deufel schiere. Wie kütt dä Senneswandel hü?" Mayburschs Karl dapp sich am Kenn: „Ich han em Fernsehen jesenn, dat sich janz övverraschend Relijijuensföhrer jetroofe hant. Se send sich secher, et kütt en zweide Sintflut. Dä Paaps on dä evanjellische Öeveschte hant dorophen jebäent ´Jott hellep os en dä Nuet!´, jepräedisch, dä Minschheet sollt jeschlooße em Chrestetom övverträne, öm dat Schecksal afzowehre. En dä Moschheeje verzälle se, dä Sintflut bewies een för allemol, dat dä Islam dä inzisch wohre Jlaube seij. En dä buddhistische Tempele fange se aan, jemeensam zo meditiere. Met völl ´omm´ freue se sich op et Nirwana… On noh demm Fernsehberich övverlegg ich, mich beschnigge zo losse on dä jüddische Relijijuen aanzonämme."

„On wie dat?", versteht Pit dä Welt net mieh, „sollt dä Sintflut tatsächlich komme, es dat Versuffe doch wahl för alle Minsche – of Chress, Moslem, Buddhiss oder Jüdd – jlich. Wasser es Wasser!" „Nee!", schöddelt Mayburschs Karl dä Kopp, „en dä Sünajoore hant se aanjeköndisch, dat för alle jüddische Jemeendemetjleeder Schwemmreefe parat legge!"

A B C D E F G H **I** J K L M N O P Q R S T U V W X Y Z

Ieschtens, zweidens on dreijdens

Schlossmachischs Maria steht op dä Trappeläe, es ene bongte Schwong Jirlande am Ophange. Et moss sich ad op dä Zihenespetze stelle, öm aan dä Hook eraanzorecke, wo et dä Firlefanz fassknöbbe kann. „Marie es dat net jet jefiehrlich, wie de do oeve am Hangteere bes?", steht puffpaff Derichs Drügg vör dä Läe, „ich wollt 20 Eier han… Evver du has em Oorebleck kenn Zick, wa!?" Op ene Bio-Hoff weede evens ooch Bio-Eier verkoof. Alsue klömmp Maria erav, zällt dä Eier zosamme. Frau Derichs klaaf jeer, fängk stonnsfooß aan: „Maria, weeßte, wat ich en dä letzte Johre am mieschte vermeeß?" Drügg wäät dä Antwooet iesch jar net af: „Dä Kataloore. Dä Fröhjohr-Sommer- on Härrevs-Wenkter-Wälzer van Otto, Quelle, Neckermann – on wie se all heesche – jitt et jo net mieh. Wie solle dä Puute Weihnachte nu ene Wonschzeddel friemele? On womet solle mer em Härrevs et Loof presse, öm en ä Albom zo kläeve? Met demm Dress-Internet jeht dat jo wahl net…"

En demm Moment ongerbrich ene Bröll övver dä janze Hoff dä Mullereij van dä Frau Derichs: „Maa-ri-aa! Wo beste? Mer mösse doch fäedisch weede met dä Bäddel hee." Dä Buur Schlossmachisch Hermann es met Jirlande öm dä Hals, Hammer on Nääl en dä Häng, sing Frau am Sööke. Marie rööf däräk: „Ich ben hee. Ich ben noch am Verkoofe." Beij Drügg looch jet ad länger op dä Zong, allerdengs kann et nu net mieh aan sich halde. Sonns wüüed et vör Nöijier noch platze. „Wat es dann eejentlich beij üch hee loss? Err sett am Schmücke als of Kirmes wüüer. Hatter Selleverhuzick? Dann well ich net länger stüere…", schwaad dä Eier-Kondin, bewäesch sich evver kee Schrettsche fott. Drügg bliev wie fassjenäält stonn. Mer sitt förmlisch, wie et dä Uere am Spetze es. „Morje kütt doch dä ´Bundesministerin för Ernährong on Landwietschaff´, säät dä Frau Julia Klöckner. „Osser Bio-Hoff widd usjezeijchnet", wirp Maria sich en dä Bross. Hermann, dä Buur, es jetz dozo jekomme: „Frau Derichs, err könnt jeer morje öm 11 Uher dobeij senn. Osser Börjermeester kütt ooch on noch ä paah anger Jestalte… Net zo verjääße – vam Fernsehen hant se sich jenausue aanjemeldt. Dann kommt err noch en dä Taaresschau…"

Am näkste Daach wäät en jrueße Bajaasch – doronger Verträener vam Buureverband on Derichs Drügg – op dä Ministerin, die, wie et sich för Prominenz jehüüet, en Veedelstond zo spoot kütt. Dä Huushäerr Hermann bejrööß dat Fromminsch, wat us Berlin aanjerees kütt, met ene Bloomestruuß. Frau Klöckner well zoiesch dä Kohställ senn. Donoh bekicke se sich ä Feld met Jemöös. Dann jeht et met dä janze Corona op dä Wee. Dä Ministerin frooch: „Herr Schlossmacher, warum hat diese Kuh keine Hörner?" Hermann explezeet: „Et jitt dreij Mööschlichkeete: Ieschtens – et es ene jenetische Defeck. Zweidens – die Koh hat sich dä Hööre afjestoße. On dreijdens – dä Hööre send weje Verletzongsefahre afjesäesch … Evver en demm Fall hee, Frau Ministerin, dat es ä Päed!"

Ieschte Höllep jejovve

Marlies esset net joot. Kopping. Jetz kreejt et ooch noch Maarekrämp, moot op´m flöckste Wäech noh´m Klo. Dönnpfeff. „Chef, ich kann net mieh aan dä Kass setze, ich han Dörschfall. Irjendjet es mich net joot bekomme. Op jede Fall moss ich däräk nohheem…" Dä Aldi-Filialleiter es alles angisch wie bejeistert dovan. Evver wat soll hä maache? Hä lett dä Frau Mertens, dä Kassiererin, övver zwei Stond vör dä rejuläre Fierovend Schluss maache.

Zemmlich jeschlauch stellt dat malad Marlies dä kleene Fiat ad öm fönnef Uher en dä Jaraasch af. Et wongert sich, dat dä Auto vam Ihemann Jirred ooch ad do steht. „Nanu, normalerwies mööt dä doch noch op Schich senn beij RWE", kick et op dä Ärmbanduher. Wie et em Flur dä Mangtel ophängk, hüüet et verdächtije Jeräusch. Ussem Schloofzemmer moss dat komme. Jeküüm, spetze Opschreij on dä Matratz es am Knaare! Op Ziehnespetze nöhert et sich dä Düür, rieß se met ene Ruck op… „Du Drecksemmer!", krakeelt Marlies loss, wie et Jirred met ä jong Flittsche em Flajranti em Bett erwisch. „Wie kannste et waare, mich, ding tröij Frau, dä Modder van ding Kenger, äsu jet aanzodonn. Pack dinge Koffer! Ich well dä Scheidong!" „Nee, waat en Minütt!", sprengk Jirred op, „wenn de mich noch leev has, loss mich dich explezeere, wat wirklich passeet es!"

„Jo-o-ot", kriesch Marlies, „evver övverlegg, et send dä letzte Wööet, die de zo mich sä-ä-äs."

Hä fängk aan zo verzälle: „Ich wollt jrad en mieh Auto ensteeje, wie mich dat jong Fromminsch aansprooch, of ich höm net hellepe kann. Dat Blondche sooh äsu nieherjeschlaare us… Ich hott Metleed on saat, et soll ensteeje. Do fohl mich op, wie maarer, schläet aanjetrocke on schmuddelisch et woor. Et jömmeret, et hött ad dreij Daach nix mieh em Maach jehat. Ich han demm ärm Dier dann hee ä Wüeschje opjebröht on höm dä Äepelschlaat jejovve, die ich vör dich jemaat hott, wovan de evver nüüß jejääße hotts, weil de afnämme wells. Dat hat dä janze Komp en Nullkommanix verputz jehat.

Zodemm broot et en Reinijong. Ich hott höm aanjeboone, beij os zo dusche. Wie et onger dä Braus sting, han ich dä dreckelije Klamotte van höm em Müll jeschmesse. Dat Fräuche broot jo nu jet zom Aantrecke. Ich han höm van dich dä ruede Dschiens jejovve, die de niemols aanjetrocke has, weil se dich zo spack es. Dä BH on dat Böxje, wat ich dich zom Jebootsdaach jeschenk hott, han ich demm Mädche jejovve. Du drääs dat jo net, weil de meens, ich han kenne Jeschmack. On dat Blüsje, wat ming Schwester dich Weihnachte jeschenk hat, treckste net aan, öm se zo ärjere. Am Eng han ich demm Frööle hee ä paah düer Pömps van dich vermaat, die de jo op kenne Fall mieh aantrecks, weil ding Kollejin däsälleve hat.

Donoh han ich dat Fräuche aan dä Huusdüür jebraat… On wie et sich äsu leev beij mich am Bedanke woor, frooret et mich met Troone en dä Oore: ´Haste villeich noch anger Saachens, die ding Frau net mieh benötz…?´"

A B C D E F G H I *J* K L M N O P Q R S T U V W X Y Z

JEDE WÄÄCH DÄSÄLLEVE KWÄSS

Dat Schäppere on Paafe es em janze Huus koom zo övverhüüere. Of Roswita Tellere, Tasse on et janze Köijschejeschier äsu häll en-, us- on oprüüme moss? Wahrscheinlich net. Et es evver jelade weje Jürjen, dä Ihemann. Dä Souballesch jeht friedaachs emmer kejele on es des Naat wier iesch noh 4 Uhr nohheem jekomme. Beijnoh Samsdaach för Samsdaach hängk doför beijm Ihepaah Steffens dä Huussäeje scheef… „Mosste hee äsu ene Radau maache?!",

steht fuppdisch dä Jürjen met verquolle Oore henger Roswita. „Noch net ens am freije Daach kammer hee usschloofe." „Kick mar leever ens op dä Uher! Dä halleve Daach es wier öm", jrotz et Ihejesponns.

Dä Huushäerr setz sich am Döijsch, schnapp sich dä Ziedong on fängk aan, dä „Julius" zo läese. „Es et Ääße noch net fäedisch? Ich han Kohldampf.", kwätsch hä tösche dä Zäng, „wenn ich jetz nix em Maach krisch, jonn ich em Restorang." Roswita paaf ä paah Löffele en et Schooß: „Kannste net fönnef Minütte waade?" „Ach, dann es et Ääße fäedisch?", luuert Jürjen övver dä Ziedong erövver. „Nee", schöddelt dä Jötterjattin dä Kopp, „dann jonn ich met em Restorang!" – En dä Wietschaff wüüed hä sich jo suwiesue besser föhle wie doheem, setz Roswita noch spetz hengerher. „Fröhsch haste emmer zo mich jesaat, ich seij dinge Sonnesching. On nu? Luter hängste en dä Kneipe eröm." "Jo, Liebelein, völl Sonn määt evens völl Duesch", blitt Jürjen kenn Antwooet schöldisch, "ich han et satt. Jede Wääch däsälleve Kwäss met dich. Wo han ich bloß minge Kopp jehat, wie ich dich ene Hierootsantraach jemaat hott?!"

Jetz loofe beij Roswita Tröönches dä Backe erav. Et stämmp sich allerdengs schään die jemeen Felzluus van Ihemann. "Dat weeß ich noch", jömmert et, "jenau wie nu – tösche dä Sportsiede van dä Ziedong." Dä Ihefrau versöök et noch ens em Joode, määt op Schönnwäer on wönsch sich jet Romantik em Zosammeläeve. On dobeij wüüed se ens jeer aan dreij Stelle jebütz weede. "Aha", brommp Jürjen, "kee Problem. Wo soll ich dich dann bütze?" "Op dä Malediven, dä Bahamas on Hawai!", kütt et wie us dä Pistuel jeschooße. Dä Jedanke aan Urlaub soll et sich mar flöck afschmenke, haut dä Huushäerr met dä Fuuß op ´m Döijsch. Do wüüed des Johr nix druss. "Mer mösse aan osser Scholde denke." "Wiesue?", stellt sich Roswita domm, "dat könne mer doch ooch em Urlaub..."

Et widd en kotte Zick stell en dä Köijsch. Mar dat Ticke van dä Wankuher es zo hüüere. Beede send en Jedanke. Dä letzte Wööet hange noch schwoor en dä Luff. Jürjen well evver ene Schlussstrich onger die Zänkereij trecke: "Roswita, jetz hüüer endlich op met dä iwije Strongß van dich! Wenn de mich noch länger äsu triez, verlier ich noch minge Verstank." Et letzte Wooet lett sich allerdengs en Frau wie Roswita nie nämme: "Dat wüüer allerdengs janz schlemm. Sonn winzije Denger send verdammp schwoor wierzofenge!"

Jeld ussem Fenster werpe

Se setze beijm Italijääner em „Ristorante". Vera hott die Jassstuev vürjeschlaare. Dat Ääße beij Rico – do wüüed mer sich dä Fengere noh lecke, hott et Werner schmackhaff jemaat. Höppenischs Werner, dä Nieres, steht mieh op Huusmannskooß, wollt leever en ä Brouhuus Panhas kimmele, hott evver schäänövver demm apaat Fräuche dä Mull jehalde. Emmerhen trääfe sich die beede hü iesch et zweide Mol. Se mösse sich noch beschnoppere. Dä Frau Pfennings on dä Häerr Höppener hant sich vör dreij Wääche övver et Enternet kennejeliehrt.

Nieres säät emmer met ä drööv Jesieht, dat sing Frau van höm jejange es. Dä janze Wohrheet es, se es vör zwei Johr beij Naat on Nievel met´m Nohber afjehaue. Em Januar hant se höm van dä RWE en Fröhrente jescheck. Hä es et allerdengs kotzesatt, doheem alleen dä Wäng aanzokicke. Dozo kütt ooch noch, Werner weeß sich em Huushalt net richtisch zo hellepe. Janz zo schwieje vam Kauche. Also moss hä för en düer Putzfrau latze on jeht mieschtens uußer Huus ääße, wat jo em Jeld jeht. Do kann hä sich Vera joot beij sich em Läeve, en dä Köijsch on em Bett, vürstelle. Besongisch weil et wirklich zom Aanbisse ä lecker Fromminsch es, wo dä Mannskäels ad ens jeer hengerherflööte.

Vera es en knackije Wettfrau van knapp 55 Lenz, es jetz fresch van de Jemeendeverwaltong en Pangsijuen jejange. Dat Füssje hat iwije Zickde als Schrievkraff beijm Kämmerer jewirk. Frau Pfennings denk evver jetz net zoröck: „Ich jlööv, ich bestell mich ene liete, drüje Ruetwing. Werner, wenn de ooch Bardolino drenks, sollte mer os villeich en janze Flaisch deele." Nieres wenk af: „Ich bliev leever beij Bier. Ä lecker köhl Pils." Vera treck messfällisch ä bessje dä Monkwenkele erav: „Ääh, drenkste eejentlich völl Bier?" Dä Häer Höppener merk die Fall net: „Dreij Jlas op dä Daach verdeelt." Dat Fromminsch hook däräk noh: „Wat bezahlste dann för ee Bier?" „En ming Stammwietschaff kooß et hü 2,70 Euro", weeß Werner. Vera well wesse, wie lang hä ad Bier drenk. Hä bruch net lang zo övverlegge: „Ich denk, su öm die 30 Johr, wa."

Dä ihemloje Sekretärin vam Kämmerer zeesch, dat se reichene jeliehrt hat: „Alsu – ee Bier kooß 2,70 Euro. Beij 3 Bier am Daach send dat 8,10 Euro. Dat määt dann em Moont… waat!... 31 mol… ääh… 251,10 Euro! – Em Johr send dat… Moment!... Mol 12… send jenau 3013,20 Euro. Richtisch?" „Richtisch", staunt Werner Bouklötz. Vera es jetz em Element, es net mieh zo bremse: „Dann haste alsue noh Adam Riese en 30 Johr… Oorebleck!... Dat hammer jlich… Du has joot övver 90000 Euro usjejovve, jewessermooße us et Fenster jeworpe, öm net sujar zo saare: versoofe. Wenn de net äsu völl Bier jeschluck hötts, könnste dich hüzodaach ene Porsche Panamera leiste!" Werner quallemp dä Kopp. Hä dräät evver kee Brett dovür: „Vera, drenks du Bier?" Dat Fräuche schöddelt sich: „Nöö! Niemols!" – „Oos! Zackerement!", rötsch et Nieres erus, „wo es dann dinge Porsche Panamera?!"

Peter Jöcken (†), streitbarer Theologe und Pfarrer, beichtet dem Herrn Jedönsrat...

...im Interview in der Bourheimer Kirche Hl. Maurische Märtyrer. Auszug: JN/JZ.

Foto: Guido Jansen

Herr Dr. Jöcken, was wäre, wenn Priester heiraten dürften? Böte dann jetzt Ihre Frau Kaffee an und hier wuselte eine Schar Enkel herum?

„Ich bin offen für die Ehe katholischer Priester. 70 bis 80 Stunden Engagement in der Woche lassen jedoch kein einwandfreies Familienleben zu. Eine Ehe kann auch nicht das Problem des Priestermangels lösen."

Wenn Sie nicht wissen, wie es ist, eine Frau zu lieben, was erzählen Sie dann den Brautpaaren in Ehevorbereitungsgesprächen?

„Liebe ist nicht nur Sexualität. Seelische Liebe zu allen Menschen sollten wir zeigen. Das Miteinander ist das Wichtigste."

Warum dürfen Frauen nicht die Priesterweihe erhalten?

„Die weibliche Hilfe in der Kirche kann ich nur über alle Maßen loben. Jesus hat auch viel mit Frauen agiert. Dass Frauen das Priesteramt nicht ausführen dürfen, weil die Gefahr bestünde, dass die Predigten dann noch länger dauerten, halte ich für abwegig."

Jesus spricht in der Heiligen Schrift von Engeln. Wie gefallene Engel aussehen, wissen wir. Aber wie soll ich mir richtige Engel – das himmlische Flugpersonal oder Geflügel – vorstellen?

„Ob es Engel wirklich gibt, weiß ich nicht. Menschen denken vorzugsweise figürlich. Und die Himmelswesen sind Symbole Gottes. Eine geistige, keine körperliche Welt."

Jott on dä Welt on Jülich

Jesus woor bekömmert, singe Papp äsu opjewöhlt zo senn. Noch mieh Sörsch maachet hä sich, wie Jottvadder puffpaff secks Daach net mieh opzofenge woor. Evver am sebbede Daach sprong hä en dä Luet vör Freud, frohlocket: „Leeve Jott, wo woors du dä janze Zick?" Et Häerrjöttche wieset met´m Zeejefenger noh onge: „Kick ens, wat ich jefriemelt han!" „Hä? Wat es dat?", frooret Jesus rootlues. Papp explezeet: „Dat es ene Planet, en Kurel, die ich us Stöbb on Lehm zosammejeprosch han. Ich nenn dä Ball ´Äed´. Watte do jröön siss, send Planze. Bööm, Jras, Strüsch, Blome, Früet waaße huch noh oeve. Alles, wat blau schellert, es Wasser. Dodren schwemme Föijsch, die spöder zom Deel aan Lank komme, öm sich zo anger Diere zo entweckele. Irjendwann loss ich dann Minsche do erömloofe. On Johrdusende donoh scheck ich dich dann ooch ens erav op dä Welt."

Dä Sonn konnt et koom fasse, wat Papp sich do wier usklamüsert hott. Jottvadder hott allerdengs noch wigger jedaat: „Dat janze Jebelde do onge moss emmer em Jlichjewiet senn, en dä Balangs. Alles soll sich dä Wooch halde. Vam Aanfang bes zom Eng jitt et iwisch schwatz on wiss, kleen on jrueß, deck on dönn, jo on nee, kalt on heeß, breet on schmal, hell on donkel, fröh on spoot, morjens on ovends, liet on schwoor, fass on loos, ronk on eckisch, rouh on fing, oeve on onge, rääts on lenks, heeß on kalt, sööß on suer, richtisch on verkiehrt.

Danke on jefälles, alles on nix, schönn on fies, wigg on noh, kott on lang, oofe on zo, druuße on drenne, alt on jong, nöij on alt, fies on schönn, reen on dreckisch, flöck on höösch, fuul on düschtisch, häll on lees, drüsch on füsch, schärp on bott, völl on wennisch, huch on deep, flach on pielop, erop on erav, voll on läesch, risch on ärm, joot on schläet, schnack on scheef, vüüre on henge, mööd on monkter, duet on lebendisch on janz on kapott."

Jesus moot zojevve, datte dat wahl net äsu janz kapeet hat. „Paass op!", verklamüseret et Häerrjöttche on zeejet op ongerscheedliche Stelle op dä Weltkurel, „hee beispellswies widd Nordamerika ene rische Äeddeel. Dä Lü weede em Fett setze do. Doschään widd onge Südamerika ärm draan senn. On do op dä eene Kontinent weede schwatze Minsche läeve on hee op dä angere loofe wisse eröm. Et jitt Jäejende, wo et heeß on drüsch es, op dä anger Sied es et kalt on füsch oder sujar Fross, Ies on Schneij legg övver dä Lankschaff." Jesus woor baff. Papp sing Enfäll hodde höm dä Sprooch verschlaare.

Nohdemm hä lang övver dä Metdeelonge vam Vadder nohjedaat hott, wollt hä wesse, wat dann do för Pünksches op dä Äedball wüüere. „Do han ich ad för spöder Dörper on Städt vürjesenn. Hee dat zom Beispell widd ens Jülich, wat aan dä Ruu legg. Do weede verjnööschte, entellijente, fließije Lü läeve met doll Jeschäffches on jemüütliche Wietschafte. Et widd ene Meddelpunk för Wesseschaff, Kultur on Jesellischkeet weede." „Mhmm", sennet Jesus, „leeve Jott, evver wat es met´m Jlichjewiet? Wo es do dä Balangs?" „Maach dich mar do kenn Sörsch", wenket Jottvadder af, „janz en dä Nöh legg Jellekirche…!"

A B C D E F G H I J **K** L M N O P Q R S T U V W X Y Z

KAFFE, KOOCH ON KATTOLISCH

Et jitt wier jet zo fiere. 12 Enladonge send erusjejange: Matzerooths Hanni on Schniedisch Rudi verlobe sich am Samsdaach, dä 26. September 1959. Nu setz dä engste, kleene Verwandtekrees met Kenger, dozo noch ä paah Fröngde, en dä Wonnstuev van dä Famellije Matzerooth, die vör emmerhen 26 Jäss noch ä Dutzend Stöhl on Döijsch ussem Pfarrheem jelennt hat. Dä Brautmodder fäesch tösche dä Köijsch on et Wonnzemmer hen on her. Se stellt en Tööt Kaffe op dä wiss jedeckte Döijsche, datte Koochejäbelches op dä Tellere schäppere: „Nu jitt et ä lecker Tässje Kaffe..." Ohm Franz, dä Pättchesüem van Hanni, zeesch, datte et „Intermezzo" en dä Flemmerkess kennt: „Hoch die Tasse, hoch die Tasse – mhmm, Eduscho- Spitzenklasse." „Nu nämmt üch! Alles sällevs jebacke", beent dä Huushäerrin Appeltaat met Rivvele, Äedbeerboam, Rodongkooche on Sahnenuss met ene Jlöcksbrenger, ene Marzipan-Schorittefäejer drop, aan.

Op Kaffe kütt Korn. Bier suwiesue. Dä Fraulü süffele sööße Likör. Matzerooths Mattschö, dä Brautvadder, hevv et Jlas: „Leev Jäste! Leev Famellije Schneider! Ich maach net völl Wööet... Soll dä Rudi zo dä Verlobung met ming Dohter doch leever jet saare." Rudi trett verläeje van eene Fooß op dä angere, wäeßelt dä Färeve em Jesieht van blass noh ruet: „Ähh, mhm", stroddelt hä, nämmp Hanni em Ärm, „ ich well dich verspreische, niemols die Hätz zo breiche!" För dat schönn Jedich kritt hä völl Beifall – besongisch van dä Fraulü. Rudi on Hanni steische sich dä Pullreng aan dä Fengere. Häerr Schneider meent, nu ooch jet van sich jevve zo mösse: „Völl Verlobunge enge jöcklich – dä mieschte jedauch en dä Ihe." Doför widd hä däräk am Mau van sing Frau op´m Stohl zoröckjetrocke.

Ohm Franz, dä alde Jongjesell, brengk sing Weesheet en: „Je länger mer verlob es, destu kötter es mer verhieroodt." Domet sitt Hanni dä Jeläejenheet jekomme, sich ens enzobrenge. Et es ä wellensstärk Mädche on hat et fuußdeck henger dä Uere. Verlob oder net verlob. „Alsu – weil Rudi on ich os nu versprauche hant, widd hä jo wahl ens et naats beij mich blieve könne, wa!" Fuppdisch es et am Döijsch stell wie ene Jraav. Mama Matzerooth jömmert, dat se kattolisch wüüere en ä kattolisch Dörp. Ooch Papp es verschräck: „Nee, Kenger, err brengt os noch en Deufels Köijsch. Noh Parajraf 180 komme mer weje Kuppeleij noch em Knass."

Jetz jeht et am Döijsch äsu häll hen on her, dat noch kee Minsch jemerk hat, dat usjereichnet dat Verlobungspaah sich dönn jemaat hat. Dat reselut Hanni hat dä schöije Rudi behätz aan dä Hank dä Trapp eropjetrocke – en et Mansarde-Schloofzemmerche vam fresch verlob Bräutche. Verschaamp bisch Rudi em Bett: „Ich komm net doschään aan, ich ben döcks jronklues eifersüchtisch." Hanni kick höm deep en dä Oore: „Op mich bruchste nie – jronklues – eifersüchtisch zo senn!"

Kee Schöferstöndche op´m Sonndaach

„Wer jedöldisch wie Papieh es, widd et Blatt nie wende." Dä Usdrock hott Reutisch Nöll sich för et Läeve op dä Fahn jeschrevve. Hä joov sich op kenne Fall domet zofriehe, wemmer saat, hee dat deht mer net oder do dat deht mer net. Höm woor et wichtisch zo wesse, woröm mer dat dann net donn soll. On jrad jetz en dä düstere Mont hott hä en decke Noss met Trautche, sing Frau, zo knacke. Dat meenet döcks jenausu: „Dat deht mer net!"

Die zwei läevete met hönne fönnef Pänz zosamme en vee Zemmerches. Et woor die Zick, do kannte se kee Radio, kee Fernseh, kenne Compjuter. Wat määt äsu Ihepaah ad, subald dä Puute endlich em Püss legge?! En dä Wonnstuev Klütte em Oevend verstauche, es zo düer. Alsu treck mer sich ooch et Plümmo övver dä Kopp, wärmp sich jet anenee, öm sich dann met jede Hätzschlaach nöher on nöher zo komme. Beijnoh Ovend för Ovend wuued et denne beede en dä ieskahl Schloofkammer em Hemmelbett su heeß wie en dä Höll. Allerdengs et sonndaachs koam dä inzischste Hetz em Püss van dä Wärmflaisch.

„Trautche, usjereichnet am Sonndaach, wenn ich ens usjerouht doheem ben, wellste mich net am Liev han", lamenteet Nöll. „Jenau – Beijschloof zällt wie Arbeet! On am Hellije Sonndaach soll mer rouhe, sonns es äsu Schöferstöndche em Bett sujar en Duetsöng van os, hat dä Pastuer Krahne mich en dä Bisch verklamüsert", looß Trautche iesch jar kenn Jedanke opkomme, sich erömkrieje zo losse. „Dä Evanjellische send doch ooch sujet wie Chreste… Wat maache die dann?", frooret Nöll net zo Onräät.

Hä hott en dä Papiehfabrik singe Kolleesch Spangeberschs Erich drop aanjesprauche. Am näkste Daach kreejt Nöll dä Antwoot. Erich verzallt, dä evanjellische Jeesliche hött lang en dä Bööcher jeläese. Bes hä dann dä Meenong kond jedonn hött, dat dä Jeschlechtsverkiehr wie Arbeet wüüer on sumet sonndaachs verboone wüüer. „Öm kotte Prozess zo maache, bruch mer ene lange Ohm", joov sich Nöll noch lang net jeschlaare. Hä jing noh Simon Elkan; dä ahle Jüdd wooß emmer völl van Jott on dä Welt. Wie dä Zofall äsu em Läeve spellt, hott dä Simon jrad Besöök van singe Vetter. Ene Rabbi, ene Käel van Johrdusende Traditijuen on Wesse. Vör dä Frooch jestallt, of dat Liebesspell op ene Sabbath Arbeet oder Verjnöje wüüer, hott sich Rabbi Rosenbaum zwei Stöndches lang övver dä hellije Schrefte herjemaat.

„Nu esset kloor wie Melchzaus", driehnet hä sich aan dä Schlööfelöckches, „ä Schöferstöndche met dä Frau em Bett es Verjnöje!" Nöll maachet jrueße Oore: „Jetz ben ich evver paff! Wie kommt err dodrop?" Dä Rabbi jing en sich, öm us sich erus zo jonn: „Alsu – wenn dä Beijschloof Arbeet wüüer – wüüed ming Frau et osser Huusmädche maache losse!"

Koppel, Kapp on Kackmontur

Ahl Lü hüüet mer döcks met ene verdröömte Bleck en Erenneronge opküüme: „Nee, nee, wat woor dat fröher schön!" Wenn Opa Hubbäet sujet zo Uere kritt, widd hä emmer janz wöss, wenk af: „Äsu ene Kokolores! Fröhsch woor völl angisch, evver net alles woor schön on ad jar net besser. Ich han hü noch Halsping van demm iewije ´Heil Hitler!´ brölle. On dä Quante donnt mich emmer noch wiehe, weil ich johrelang Daach för Daach beij jede Hitlerjrooß dä Hacke zosammeschlaare moot. Zom Jlöck han ich kee Rheuma em räete Ärm jekreejt vam luter ´Heil´-Jrööße." Opa schöddelt met´m Kopp, versteht net, wiesue Minsche van en Zick met Duet, Ärmot, Kreesch on Evakuierong schwärme könne. „Die hant doch ene Ress em Kappes!"

Trotzdemm weeß Hubbäet Episödsches ussem Dörp zo verzälle, die damols en dä Zick beij allem Ärrens zom Laache send. Hä erennert sich, dat dä Strooß erav, neever dä Schöllplei, en Fammelije Wagner jewonnt hat. „Hondertnüngonnüngzischprozentije Nazis", schubb hä. „Dä Deufel weeß, wo die Drecksäck noh´m Kreesch afjeblevve send." Hubbäet määt ä kott Päusje, hooß ä bessje, nipp aan sieh Körnche: „Op jede Fall – dä Hermann Wagner loofet mar en jewichste, polierte schwatze Schaftsteffele on en en brung Uniform eröm. Uußer dä Lü zo drangsaliere on uszospioniere wooß kee Minsch, wat dä fiese Emmer för en Aufjab hott. Eene Ovend schingk hä ens en Brass jewess zo senn. Dä Käel hott sich wier erusjeputz wie ene Chressboom – met Koppel, Kapp on Kackmontur. Hä bröllet dörsch et janze Huus miehrmols: ´Emma!´– ´Emma!´ Sing Frau woor net do. Alsue schrievet hä op ene Zeddel: ´Ich bin zur Parteiversammlong. Heil Hitler!´

Dat Fromminsch läeset spöder Hermann singe Bescheed, hott evver jenausue wennisch Zick on schreev flöck ooch ene Zeddel: ´Ich bin beim Frauenschaffsabend. Heil Hitler!´. Donoh koam dä Labbes, dä Sonn Nobbäät, nohheem. Hä moot sich ooch zaue. Hä woor op´m letzte Drücker. Öm sebbe Uher sollt hä beij ä Trääfe van dä HJ senn. Dä Ruppnälles läeset dä Metdeelonge van Papp on Mamm on kritzelet jlichfalls ene Vermerk op ä Blättche: ´Ich bin mit der Hitlerjugend unterwegs. Heil Hitler!´. Jetz looch dat Huus alleen, verlosse on düster en dä Strooß. Sujet treck ad emmer Janovevollek aan. Jenausu woor dat nu met dä Wonnong van demm brung Jesocks, dä Wagner-Famellisch."

Opa Hubbäet spölt ens jau dä drüje Hals met ene Korn us. „Die Enbrecher hant dä Keller usjerüümp", verzällt hä wigger, „Wüesch on Fleesch van ä fresch jeschlach Ferke hant se sich do onger dä Naal jeresse. En dä Köijsch, us dä Kaffemöll, hodde die Spetzboove ä paah Reichsmark metjonn losse. Op´m Köijschedöijsch mösse se wahl dä Zeddele van Hermann, Emma on Nobbäät jeläese han. Fröngklich hant se dann ooch ä Blättche hengerlosse: ´Dat mer hee joot bedeent send, verdanke mer osser Führer. Heil Hitler!´"

Kott noh Kruckhuuse

Vör völl Lü, die reese moote, wuued et Läeve wirklich lieter, wie dä „Bergisch-Märkische Eisenbahn-Gesellschaft" en Schennestreck van Jülich noh Düre fäedisch jebout hott. Am Sonndach, dä 20. Juli 1873, dampfet dä ieschte Zoch met ene Hoof Jedöns, Brimborium on dä jängisch bekangde Buheiskriemer en Jülich en. Öm aanfangs 1900 eröm woor sonn Bahnfaaht van dä Herzoochsstadt noh Düre on zoröck för dä Jeschäffsreesende Cornelius Kösters ad Alldaach. Morjens on ovends maachet hä et sich op´m Setz kommod on läeset dä Ziedong.

Op´m Heemwäech woor hä jrad dat Wocheblättche usenander am falde, do trott ene frembde Käel en et Coupé: „Hee es wahl noch freij, wa!? Daaf ich mich zo üch setze?" Ohne en Antwooet afzowaade, looß hä sich schäänövver van demm äldere Passaschier op dä Bank falle. „Secher", brommp dä Häerr Kösters net jrad bejeistert on fong aan, dä Enserate en dä Ziedong zo stodeere. Koom hotte ä paah Wööet jeläese, wuued hä ongerbrauche. „Entschöldischt!", rötschet dä Metreesende onröihjisch op singe Setz eröm, „könnt err mich villeich netterwies saare, wie spoot et es?" Ömständlich kroomet Kööstisch Cornelius sing Taischeuher us dä Westetaisch: „Ähh…, et es jetz hallever secks." Dä Zoch quietschet, bremset. „Wat es nu?", luueret dä Faahtjenosse janz fickrisch dörsch dä Schiev noh druuße. Cornelius wollt jo net onfröngklich senn: „Dä Zoch hält hee en Stammele." „Ich hoff, dat duueret net lang. – Wie völl

Uher hammer jetz?", wöijschet dä Bahnonkondije sich met ä Taischedooch ä paah Schweeßdrüppches van dä Stier. „Fönnef noh hallever secks", wongeret Cornelius sich övver sieh Schäänövver. Ä paah Minütte spöder – kott vör Kruckhuuse – frooret hä ad wier, wie spoot et es. En Sälljischdörp datsällve Spellche: „Wie völl Uher hammer jetz?" Nu wuued dä Häerr Kösters doch jet krebänztisch: „Mann, hatter sällevs kenn Uher?" – „Ich han nie en Uher jehat." – „On wenn err wesse wollt, wie spoot et es?" – „Janz einfach. Wie err sett, ich frooch." Cornelius kratzet sich am Kenn: „Evver wie maat err dat doheem?" Dä Frembling wenket af: „Och, ich wonn schäänövver van dä Kirech. Do jitt et en Turmuher, die kann ich van mingem Köijschefenster us senn." Kööstisch Cornelius övverlaat kott: „Joot. Dat es daachsövver. Evver et naats es doch wahl düster."

Do moot dä Onbekangde jrinse: „Naats? Wesst err, ich spell beij os em Dörp en dä Blooskapell. On op´m Naatskommödche han ich emmer ming Trompet legge. Wenn ich et naats ens opstonn moss on wesse well, wie spoot et es, schnapp ich mich die Trööt, jank am oofe Fenster on bloos ä paah laute, schrääsch Tüen noh druuße." Cornelius woor rootlues: „Ich verstonn net, wie dat hellepe soll." „Janz einfach", explezeeret dä Musickus, „subald ich bloos, komme dä Nohbere aanjeloofe on brölle: ´Mattschö, haste se net mieh all? Öm zwanzisch op zwei en dä Naat fängs du aan, Trompet zo spelle!´"

A B C D E F G H I J K L M N O P Q R S T U V W X Y Z

Leev Chresskenk…

Paulche es dat, wat mer ene Satansbroode nennt, ene kleene Deufel. Dat Möcksje kütt en dä Köijsch jefäesch, wo Mamm jrad am Kauche es: „Mama ich well ä Fahrrad vam Chresskenk han!" Mamm frooch, of hä dann denk, datte verdeent hat, ä Rad zo krieje. Rademachisch Resi es en chresslich Frau, scheck dä secksjöhrije Knirps en sieh Zemmer: „…On senn ens drövver noh, wie de dich em janze Johr verhalde has…! Schriev dat Chresskinksche doch ene Breef, verzäll ´m, woröm de jlöövs, ä Fahrrad zo Weihnachte verdeent zo han."

Die Rotznas trampelt dä Trapp erop, lömmelt sich aan singe Schrievdöijsch. Schöll, schrieve on läese – dat es net sing Saach. Do fällt höm en, letztes Johr Hellischovend hat hä doch ene Kassetterecorder met ä Mikrofon onger dä Tanneboom legge jehat. Hä kroomp dat Jerät erus, well singe Wonsch op Band spreische on dat demm Chresskenk em Kuveer zoschecke. Hä legg loss: „Leev Chresskenk! Ich woor dess Johr ene leeve Jong on hött jeer ä Fahrrad zo Weihnachte. Am leevste ä rued Rad. – Dinge Fröngk Paul." Hä wooß, et woor net äsu janz dä Wohrheet, sennt noh, öm dann noch ens van vüüre annzofange: „Leev Chresskenk! Ich ben dinge Fröngk Paul Rademacher. Ich ben emmer brav jewess on wönsch mich zo Weihnachte ä rued Fahrrad. Dank dich em Vürus! – Dinge Fröngk Paul." Dat Jewesse säät höm, dat et emmer noch net richtisch wohr es. Hä nämmp ene nöije Tex op Band op: „Leev Chresskenk! Ich woor eejentlich alle Daach janz ´ok´ jewess. Ich wönsch mich wirklich emmer noch ä rued Fahrrad zo Weihnachte. – Dinge Fröngk Paul."

Dä Bettsecker widd onsecher, probeet et ernöijt: „Hallo Chresskenk! Ich woor em letzte Johr kenne leeve Jong. Dat deht mich leed. Ich well evver ene leeve Jong senn, wenn de mich ä Fahrrad zo Weihnachte schecks. Jefälles! Dank em Vürus! – Dinge Fröngk Paul." Of dat nu dä richtije Wööet send? Vam luter Nohdenke fängk dä Kopp van Paulche ad aan zo dämmpe – bes en Idee wie dä Bletz beij höm enschläät. Hä lööf erav, rööf zo sing Mamm: „Ich jonn en dä Kirech." Mama freut sich, sitt dä Jong endlich op´m richtije Wäech. Paulche ielt op Ziehenespetze zom Kreppche. Hä kick sich stickum noh alle Siede öm… Kee Minsch en dä Nöh. Dä Ruppnälles böck sich…, jrief flöck noh vüüre…, stibitz dat Fijürche van dä Jongfer Maria, verstisch et em Anorak, jaach us dä Kirech, dä Strooß erav, en et Huus, dä Trapp erop on sprengk en sieh Zemmer eren. Vürsichtshallever schleeß hä dä Düür henger sich af, hängk en Deck övver et Schlössellauch.

Paulche hock sich wier am Schrievdöijsch – dä Jongfer Maria vör Oore. Hä stellt dä Kassetterecorder zoräet, nämmp et Mikrophon en dä Hangk, hält et sich vör dä Mull: „Tja, leev Chresskenk! Jetz staunste Bouklötz, wa! Ich han hee ding Mamm. Wenn de die wier han wells – scheck mich zoiesch Hellischovend dat Fahrrad! Evver ä rued, jefälles! – Dinge Fröngk…, och, du weeß ad van wemm!"

Leever äsu eröm wie äsu eröm

"Anja, Kenk, dä Mannslü send ussem Huus… Jetz kann ich dich en Rouh jet saare, wat mich ming Mamm fröhsch ad jeprääädisch hat. Du määs jo nu et Abitur. Donoh mosste wesse, wie et wigger jeht…" Mama hevv dä Hank, well net ongerbrauche weede, sonns wüüed se dä Faam verleese. "Et widd emmer äsu eröm oder äsu eröm em Alldaach loofe. Entweder määste en Liehr oder jehs stodeere. Schriev dich henger dä Uere, datte iewisch zwei Wäech em Läeve jonn kanns – lenks oder rääts.

Kenk hüüer, du kanns ä Taxi nämme oder met´m Bus reese. Met´m Taxi passeet nix. Fieheste evver met´m Bus, beede sich zwei Mööschlichkeete aan: Entweder stehste do oder du setz. Wenn de stehs, passeet nix. Setzte allerdengs, jitt et wier zwei möoschliche Fäll: En Frau oder ene Mann hock sich neever dich. Esset ä Fromminsch, deht sich nix. Esset doschään ene Käel, sisste wier zwei Mööschlichkeete vör dich: Entweder krisste Schmetterlinge em Buch oder evens net. Verknallste dich net en dä Bursch, passeet nix. Fängste Füü beij dä Käel, falle wier zwei Usbleck em Ooch: Hä hat dich evensu leev oder net. Well hä nix van dich wesse, passeet nix. Wüüed hä dich am leevste met Huck on Hoore frääße könne, stehste wier för zwei Wäech: Entweder err beede hierodt oder err losst et senn. Schleef hä dich net zom Altar, passeet nix. Jevvt err üch evver dat Jo-Wooet, könnt err tösche zwei Versijuene bestemme:

Entweder err setzt Kenger en dä Welt oder losst et blieve. Hatter kenn Puute, passeet nix. Kritter allerdengs Pänz, sörscht err üch öm zwei Mööschlichkeete: Err latzt Paach för en Wonnong oder err läevt en ä eeje Huus. Wonnt err zor Meet, passeet nix. Bout err üer eeje Nees, stonnt üch wier zwei Düüre oofe. Et kann senn, datter ene Faahstohl oder datter Trappe hat. Hatter ene Aufzoch enstalleet, passeet nix.

Wenn err Trappe hat, komme wier zwei Fäll en Frooch: Dä Kenger losse et Spellzeusch dodrop legge oder se rüüme et fott. Losse se dä Kroom do net zoröck, passeet nix. Bliev dä Hoddel dauch op dä Trapp legge, jitt et jetz zwei Mööschlichkeete: Du fälls övver dä Strongs oder kanns demm Bäddel noch ussem Wäech jonn. Stolperste net, passeet nix. Leggste dich evver op dä Schnüss, könne wier zwei Mööschlichkeete op dich zokomme: Entweder et passeet dich nix on alle Knooze send noch heel oder… du stirevs."

Hee määt Mama ä Päusje, öm dä Wööet wirke zo losse on öm ens Luff zo schäppe. Dauch jeht et däräk wigger: „Wenn de dich beij dä Fall nix jedonn has, passeet nix. Sollste tatsächlich stäreve, haste mar noch een Möschlichkeet!" – „Mama, wat kann ich angisch donn?", rieß Anja bang dä Oore wigg op. – „Am Aanfang van ming Präädisch mosste jet ängere. Rees net met´m Bus! Nämm dat Taxi!"

A B C D E F G H I J K L **M** N O P Q R S T U V W X Y Z

Mer hant et Strüe em Stall jelaat

Mäncheene erennert sich noch jeer aan dä kleen Firma „Hoch- & Tiefbau Josef Pohl". Dä Chef, Pohls Jupp, hott dä Betrieb damols em Alder van 68 Johr draanjejovve on opjelües. Ieschtens hott hä kenn Kenger, die dä Bouklitsch övvernämme konnte. On zweidens dinge höm alle Knooze van dä Arthrose wieh. Hä looß et sich evver net nämme, jedes Johr kott vür Hellischovend singe ihemolije Polier, Kringse Fränz, ä Weihnaatspräsentche zo brenge.

Dann sooße se zosamme met decke Zijaare, dronke ä paah Jläsjes van demm Jeschenkpäckche, wo mieschtens en Fläisch Korn dren woor, on looße ahl Zickde huch läeve. „Jupp", saat dä Polier zom fröhere Meester, „hüzodaach mööte mer wirke… Beij dä janze Maschinge, die se jetz beijm Boue nötze, bruchste koom noch ene Hankschlaach zo maache. Dat jeht beijnoh alles autematisch." Pohls Jupp joov allerdengs zo bedenke, dat dä nöij Jeräte en Stang Jeld kooßete. Dat könnt mer bloß wier erenwietschafte, wemmer wennijer Lü beschäftisch. Fränz sing Frau mischet sich en, worp die Frooch op: „Josef, semmer dann ad äsu wigg, dat mer alle Minsche, die arbeede wolle, op dä Stroß setze?" „Secher net all", wooß hä, „dä Maschinge wie sonn Baggere on Krän mösse jo wahl noch bedeent weede."

Dat Wööetche „Bagger" braat dä fönnefjöhrije Enkel van Fränz op dä Plan: „Jupp, haste ooch Bagger?" Bevör dä Ex-Bouchef antwoode konnt, jriefete Fränz on sing Frau en. Öm dä Kleen zoräet zo wiese, koam et beij denne beede wie us eenem Monk jeschooße: „Leon, dat heesch net ´Jupp´! Wie heesch dat richtisch? Wat säät mer do?" „Ähh, ähh", stroddelet et Enkelche, „Josef?" „För dich es dat emmer noch dä ´Häerr Pohl´!", hovv Opa Fränz streng dä Zeejefenger huch.

Ene Daach spöder jing Kringse Fränz wie jede Meddaach nohm Kengerjaade, öm Leon afzoholle. Mer merket däräk, wie opjeräesch alle Dötzjes am Hampele on dörschenander am Mulle woore. Dat Möcksje van Fränz woor äsu opjedriehnt, dat et sich am Brabbele joov wie ene Wasserfall. „Opa, mer hant hü et Kreppche opjebout", verzallt dä Knauel met ruede Kopp. „Zoiesch hammer Strüe em Stall jelaat on dä Hirte opjestallt. Dä Mädches durfte dä Schööfjes henstelle on dä Jonge dä Öeß on dä Äesele. Op´m Daach vam Stall hammer Steere on Engelches fassjemaat…" Leon koam völlisch uußer Ohm. „On wat es met demm Chresskingsche?", frooret Opa. „Dat han ich en dä Krepp jelaat", wuud dä Kleen janz jrueß, „op die een Sied han ich Maria, op die anger Sied dä Häerr Pohl jestallt!"

Mer spreische Platt, angere platter

Et es jo koom zo jlööve, evver dä Jedönsrat schriev on schriev on schriev. Ad Honderte Verzällsches. Wie ich damols dä Dress aanjefange hott zo tippe, han ich nie dodraan jedaat, äsu döcks jet op Papieh zo brenge. Joot – dauch völl mieh enteresseere dä Reaktijuene van dä Läeser on Läeserinne. Ich jrief dat jeer op, wat dä Lü mich su zodraare. On övverrasch ben ich emmer wier, wie völl Minsche ming Anekdötches läese. Aanfangs han ich noch jedaat, ich wüüed för jrad ä Dutzend Persuene ä paah Episödches en dä Ziedong setze. Ömsu mieh freu ich mich, dat et en siehr jrueße Läeserjemeende jewuuede es.

Et jitt dreij Jruppe van Jedönsrat-Läeser, moot ich erkenne. Dä ieschte Bajaasch schläät samsdaachs önjedöldisch dä Ziedong op, öm sich zoiesch övver dat Schrieves van mich zo amüseere on sich donoh övver dä Daachesmeldonge zom Baschte zo ärjere. Dä zweide Hoof Minsche kwält sich dörsch dä Nachrichte on kritt dä Vräck dobeij, öm dann beijm Verzällche vam Jedönsrat dä Blootdrock wier erav zo brenge. Jott sei Dank kammer dä Lü us demm dreijde Jrüppche aan zehn Fengere afzälle. Die zwei Hankvoll Manns- on Fraulü läese dä Jlosse vam Jedönsrat op kenne Fall, wesse wahl luter, wat dren steht. Noch schlemmer… Die Krentekacker froore: „Wat es dat för en Sprooch, en die dä do schriev?" Oder se saare: „Mer spreische janz angisch!" Jewess räsoneere die Knotterbülle net janz zo Onräät. Wenn zom Beispell ä lecker Mädche us Körrenzisch ene staatse Borsch us Amele kenne lieht, mulle die zwei ä bessje angisch. Se verstonnt sich trotzdemm joot.

„Dä kütt jo övverhaup net us dä Föss", kammer en Freijaldenovve op em Sportplei hüüere. Mar fönnef Kilometer wigger en Bärme heesch et: „Dat Wiev hat jet aan dä Fööß." Hee Föss – do Fööß. Em enge Krees Jülich kammer op ä paah Meter ongerscheedliche Ussprooche erläeve. „Do kütt die Ahl ad wier", säät dä Eene. Dä Angere jrotz: „Dä Ruppnälles es ad wirm krank." Em näkste Dörp hüüet sich dat äsu aan: „Wie? Ad widder en Urlaub?" Ad wier? Ad wirm? Ad widder? Op jede Fall verstommer os all metenander. Kenger send en os Moddersprooch „Pänz", „Dötz", „Knauele" oder ooch „Puute". Woröm schriev dä Jedönsrat dann „Puute" met zwei „u"? Met „Pute" met ee „u" kammer dä Frau vam Truthahn meene. Schriev mer „Puete" – alsu met „ue" könnt dat entewell met Dierfööß, dä Klaue, verwäeßelt weede.

Minge leevste Krentekacker kütt us ä Städtche aan dä Ruu, bekank dörsch dä Jülicher Zitadell. Dä Nam van die Stadt widd hee op kenne Fall verroone. Hä jing em Jeschäff, öm ene Jlobus zo koofe. Zor Uswahl zeejet dä Verkööferin höm vee Weltkurele. „Jo, ronk send se all", mullt hä, „evver se send net dat, wat ich well. – Ich söök ene Jlobus van Jülich!"

HAT EIN RICHTER EIGENTLICH IMMER RECHT?

Zur Zeugenvernahme bestellt der Herr Jedönsrat den Leiter des Amtsgerichts Jülich, **Norbert Hillmann**, ein. Auszug: JN/JZ

Foto: Guido Jansen

Herr Hillmann, kein Mensch gilt als unfehlbar außer der Papst. Gehören die weltlichen Richter mit ihren Urteilen nicht wahrhaftig zu den Fehlbaren?

„Alle Menschen, alle Berufsgruppen machen Fehler. Auch wir Juristen sind fehlbar. Es wäre bemerkenswert, wenn es nicht so wäre."

Wie beurteilen Sie dieses Zitat: ´Es hilft nichts, das Recht auf seiner Seite zu haben. Man muss auch mit der Justiz rechnen´.

"Ein unglücklicher Ausspruch. Manche Sachverhalte können nicht immer von vorne herein als eindeutig gesehen werden. Von den Juristen wird Gerechtigkeit erwartet. Nur haben die Beteiligten häufig ungleiche Vorstellungen von Gerechtigkeit."

„Die Rechtsprechung ist hoch verehrlich, obwohl die Kosten oft beschwerlich", dichtete Wilhelm Busch. Und die beliebtesten Sprüche vor Gericht sind die Ansprüche. Sind damit die Finanzansprüche der Juristen gemeint?

"Selbst Juristen können nicht von Luft und Liebe leben. Staatsanwälte sowie Richter werden vom Staat bezahlt. Aber Rechtsanwälte stehen in einem freien Markt in Konkurrenz und erwarten eine angemessene Honorierung."

Der Ex-Bundesverfassungsrichter Willi Geiger behauptete: „In Deutschland kann man, statt einen Prozess zu führen, ebenso gut würfeln." Wie urteilen Sie über die An- und Einsicht dieses Richters?

Das Würfeln überlassen wir anderen. Derzeit sind viele junge, gut ausgebildete Richterinnen und Richter tätig, die ein ganz anderes Verständnis mitbringen als die Kollegen in den 1950er und 60er Jahren.

Reichskanzler Otto von Bismarck düpierte mit dem Spruch: „Wer weiß, wie Gesetze und Würste zustande kommen, kann nachts nicht mehr ruhig schlafen. Schlafen Sie gut oder fühlen Sie sich morgens wie durch den Fleischwolf gedreht?

"Ich schlafe gut. Die Gesetze machen andere. Richter sind nur Anwender, selbst wenn sie mit einem fertigen oder geänderten Gesetz nicht ganz glücklich sind."

Met blau Oore

Ad am fröhe Morje es dä Stimmong em Emmer. Et Ihepaah Linnscheidt kritt sich en dä Woll. Zoiesch well Mattes jo noch schönn Wäer maache: „Dat woor villeich en lang Sitzong jestere Ovend!" „Du lüschs ohne ruet zo weede", paaf Jerda et Bruetmetz op dä Döijsch, „du bes öm vee Uer desse Morje steerharelevoll nohheem jekomme." Bloß weil hä ene kleene Schwips jehat hött on ä blau Ooch, wüüer hä noch lang net stenkbesoofe jewess, wehrt sich dä Huushäerr. „Wenn de net voll wie en Haubitz woors, möötste eejentlich wesse, datte dat blau Ooch noch jar net hotts, wie de en dä Köijsch jeschockelt kooms", spöijt Jerda Jeff on Jall.

Mattes sprengk wie van en Tarantel jestauche huch: „Wat? Du has mich dat blau Ooch jehaue?" Jerda schöddelt met´m Kopp: „Nee, ich han dich ä paah Äeze aan dä Dääz jeworpe." Do wüüed mer wahl koom ä blau Ooch van krieje, meent hä. „Dauch!", nipp Jerda am Kaffe, „ich hott die Äezedues mar net opjekreejt." Mattes höllt sich ene Hankspeejel, fängk aan am Fröhstöcksdöijsch sing Zong jenau zo beluuere. „Ääh, Liebelein", flööt hä sööß, „kannste mich ens saare, wo ich mich sonn decke Brankbloose op dä Zong jehollt han?" Dä Ihefrau es däräk wier op Hondertachzisch: „Secher! En dinge kleene Schwips haste dä Wärmflaisch op dä Jesonkheet van alle Wettfraue on Waise läesch jedronke… Dann haste dich ene van die Pannekööch, die ich vör dich jemaat hott, jenomme on op´m

Schallplattespeller jelaat, öm noch jet Musick zo hüüere… Nee, nee, dat halt ich net mieh us met dich!" Nu kritt Mattes doch ä schläet Jewesse; hä versechert huch on hellisch, dat et nie mieh vürkomme soll.

Jerda verdröck noch ä Tröönche, nemmp evver dä Jötterjatte stracks beijm Weckel: „Ich han do ä Kleed jesenn met dä passende Schohn dozo… Et es net janz bellisch. Allerdengs wüüer dat en kleen Freud beij dä janze Schlamassel, demm ich met dich han." Mattes övverlegg, wie völl Jeld dann ´net janz bellisch´ bedügg, säät evver: „Secher! Jank dich dat mar koofe, Liebelein." Ä Brüetche am köije frooch Jerda su janz neeverbeij, wer dann eejentlich Hella wüüer. „Du has dä janze Ressnaat van ä Hella fantaseet." „Hella?", stellt hä sich domm. Hä riev sich dä Schlööfe, schingk ärrenshaff nohzodenke. Puffpaff fällt beij höm dä Jrosche: „Ach, Liebelein, du weeß doch, ich tipp jede Wääch statt Lotto beijm Päederenne. Sujet wie Päedelotto. On dessmol han ich op dat Rennpäed Hella jesatz."

En demm Oorebleck jeht et Telefon. „Hee kammer noch net ens en Rouh fröhstöcke", zackerementeet Mattes. Endesse drenk Jerda jau noch ä Schlückche Kaffe, domet et Brüetche besser rötsch, ielt aan dä Stripp. Et duuert mar ä paah Sekündches, do schrellt ene spetze Schreij dörsch et janze Huus: „Maatttes…! Komm flöck am Telefon!" Verschräck zaut hä sich zom Telefon: „Wat es dann loss?" Jerda knallt höm met´m Hüüerer dat anger Ooch ooch noch blau: „Dat Rennpäed van dich es am Apparat!"

Met ene joldene Löffel en dä Mull

Mööd, met verquolle Oore, taaß Klaus sich höösch en dä Köijsch eren: „Wo es dä Kaffe?" „Wo hä emmer es", lett Mechthild, sing Frau, sich net vam Spöle afhalde. „Dä Kann hee es evver läesch", fällt demm schlööfrije Ihemann op. „Dann schöttste evens fresche op", scheppert dä Huusfrau iefrisch wigger met Tellere on Tasse, „nämm henger dich em Schaaf em öeveschte Rejal räets dä Blechdues met ´m Kaffemäehl erus. Do steht ooch jrueß on breet ´Kaffe´ drop… Ich moss kicke, dat ich fäedisch weed. Met dinge decke Kopp haste wahrscheinlich verjääße, dat osser Beatrix desse Meddaach nohheem kütt, wa!? Mer bruche dat Kenk jo hü et ieschte Mol net em Bahnhoff en Jülich afzoholle. Et kütt met en Fröngdin ussem Enternat met´m Auto."

Nu fällt et Klaus wier en. Bea brengk Andrea met. Bestemmp wolle se jemeensam för et Abitur büffele. Äsu lang es et net mieh hen, bes beede dä Afflooch vam Jümnasiom maache. Dä Huushäerr Heinen hangteet met dä Kaffefilter eröm, brommp en dä Baat: „Ens kicke, wat dat Andrea för ä Mädche es. Dat es secher van doheem us ene verwännde Puut…" Mechthild paaf ene Teller op et Spölbecke: „Jank dinge Kopp onger kalt Wasser halde, domet de wier vernönneftisch denke kanns! Seij doch fruhe, wenn os Dohter en joode Jesellschaff es." Klaus jitt evver net noh: „Liebelein, övverlegg doch ens! Mer send os seit 8 Johr am afrackere, öm Mont för Mont et Enternat för osser Beatrix zo berappe. Jetz kütt et met en Klassefröngdin met ´m

Auto. Bedügg dat net, dat dat Plänzje met knapp 18 Johr ad dä Führersching hat on met ä eeje Auto dörsch dä Jejend kutscheet? Dat könne mer zwei osser Kenk op kenne Fall beene. Ich jonn dovan us, dat Andrea es met ene joldene Löffel en dä Mull jeboore wuuede."

„Sörsch du mar doför, datte fäedisch widds, bes dat die Mädches komme", knottert Mechthild, „du dröömels hee eröm wie ene Äesel op Jlatties, has dä Schloofanzoch noch aan, bes net jewäische, net jekäämp on net rasiert." Et doijt dä Jötterjatte us dä Köijsch: „Ich moss ooch noch met ´m Staubsaurer dörsch dä Wonnong fäeje…" – Dä Kirechejlocke lügge 12 Uher. Et Ihepaah Heinen setz op heeße Kohele. Do fieht ä Auto vür. Mechthild sprengk däräk zo dä Huusdüür, Klaus luuert ussem Fenster. Wat es dat? Beatrix trett met ene jonge Schnösel am Ärm em Flur eren. Nohdemm Papa on Mama et Döhterche ömärmp hant, stellt Bea sieh Aanhängsel vür: „Tja, on dat es Andrea. Minge Fröngk Andrea Moretti. Sing Jrueßäldere komme us Italien." Joot ertrocke jitt Andrea Frau on Häerr Heinen dä Hangk: „Angenehm."

„Mama, Papa", platz Bea erus, „ich moss üch jet saare…" Et nämmp dä Kavalöres aan dä Hangk: „Ich ben en anger Ömständ! Em veede Mont." Mama rieß verschräck dä Oore op, küümp: „Nee, ne!" Papa fieht met dä Fuuß dörsch dä Luet: „Aach Johr hammer för dich dat düer Enternat bezahlt… On nu – mullste emmer noch kee Huchdütsch!"

Met 'm Lating noch net am Eng

Omma Drügg nötz dä Jelejenheet. Dä janze Famellisch hott sich zom 81. Jebuuetsdaach am Kaffedöijsch enjefonge. „Kenger, wer kann mich am Donneschdaach Ovend noh Düre fahre?", frooch dat Jubelkenk tösche zwei Jäbelches Knouscheletaat en dä Röng. Opa Hubbäät wenk däräk af; hä mööt dann zor Versammlong vam Duvveverein. „Wat wellste eejentlich et ovends en Düre?", wongert sich net mar Kätche, dä älste Dohter. Omma jitt kond: „Ich han mich vürjenomme, Lating zo liehre. Donneschdaachs van 7 bes 9 Uer kammer dat nu do en dä VHS."

Kee Minsch wüüed hüzodaach noch Lating nüedisch han, woor sich dä janze Bajaasch eenisch. Se schöddele reihjöm dä Kopp övver Omma. Die weeß et besser: „Ronk mieh hallev Läeve lang hammer en dä Kirech op Lating jebäent. Ich well mich allerdengs ens jeer erkondije, woför oder woschään ich damols et Häerrjöttche aanjeroofe han." Zomol ooch hü noch völl Wööet ussem Lating komme wüüede, hott Omma Drügg jeläese. „Dä Nam Jülich kütt zom Beispell vam lateinische ´Juliacum´ on för Düre hant dä Römer „Durum" jesaat. Wemmer säät ´Treck dä Poez zo´, hüüet sich dat aan wie beij dä Römer. ´Trahere´ heesch nämlich ´trecke´ on ´porta´ es dä ´Poez´", verklamüsert se dä Famellisch. Dä „Ampel" kööm van „ampulla", wüüer ä kleen Fläschje, ä Püllche evens. Et wüüer evver jenausu et iewije Liet en ä Döppche övver dä Altar en dä Kirech.

„Hee osser Supermaat öm dä Eck es en Filial. On ´filia´ bedügg ´Dohter´." En "Lektzijuen" – en Lating „lectio" – wüüer nix angisch jewess wie en „Lesong" em Joddesdeens. „Osser Nohber neeveraan stammp van dä Römer af, die fooßkrank zoröckjeblevve send. Hä heesch ´Faber´, wat beij denne vör 2000 Johr ene ´Schmedd´woor." Dat lateinische Wooet „cancelli" sting för „Schranke" oder „Jitter" on wüüer os „Kanzel". „Kätche", mullt Omma dä Dohter aan, „wenn dinge Alfred wier ens zo spoot us dä Wietschaff noh Heem jeschöckelt kütt, hälste demm jarantéet en Jardingepräedisch. Domet send dä Jardingsches em Bischstohl jemeent. Rongsöm et Bett hodde se fröhsch ooch ene Vürhang. Dä ´Vürhang´ en Lateinisch woor ´cortina´, ´cööten´(curtain) saare dä Tommies."

„Nee, Drügg, watte net alles weeß!", määt Opa jrueße Oore, bestemmp evver met ene Hankschlaach dörsch dä Luet, „trotzdemm bruche mer kee Lating!" Omma es evver met´m Lating längs noch net am Eng: „Ich han dä längste Zick van ming Daach op dä Äed jeläev. On em Hemmel well ich mich met Petrus, dä janze Engele on demm leeve Jott ongerhalde könne. Sujet jeht jo mar op Lating!"

Opa kratz sich am Kenn, övverlegg laut: „Jo, evver wat passeet, wenn dich dä Deufel höllt on du en dä Höll kütts?" Äsu jau es Omma net kleen zo krieje: „Dat määt övverhaup nix. Platt kalle wie du, dat kann ich jo ad längs!"

MET SEEFEPOLLEVER NOH PARIS

Dütschland es jrad Weltmeister jewuuede. Et jitt keene Plei, wo dä Lü net övver Fritz Walter, Toni Turek, Max Morlock on dä Boss Rahn am despeteere send. Et Vollek mullt mieh övver dä Trääner Sepp Herberjer wie övver dä Kanzler Adenauer… bes, jo, bes dat van Römisch Michel bekank widd. Michel es dörsch on dörsch ene Jong vam Dörp. On of mer et jlööv oder net, hä hat beij ä Priesusschrieve van ä Seefepollever, van dat Persilwäischmeddel, en Rees noh Paris jewonne. Alleen. En Wääch lang. Kohlmeyer, Eckel on Schäfer send verjääße. En dä Wietschaff hüüet mer mar noch: „Osser Michel fieht noh Paris. Olalala!"

Wie dä Römisch Michel noh Kirchbersch zoröckküt, waade dä Fröngde am Stammdöijsch ad hibbelisch op dä Verzällches vam Frankreich-Fahrer. Beslang woor jo noch kee Minsch en Paris jewess. Se kloppe höm all op dä Scholder on wolle nöijjierisch wesse, wie et dann en dä Stadt met mendestens hondertdusend Söng äsu es. Nohdemm hä sich ene Schluck Bier jejönnt hat, legg hä däräk loss. Hä schwaad wie ä Booch, beschriev, wie breet do dä Strooße send. „Alleen dä Schomps Elüsee…! Do passe vee Autos on noch zwei Strüetzwaans neeveree. Dat kammer sich hee jar net vürstelle." Aan alle Ecke wüüere Kaffees „on alle paah Meter Bistros". Michel drenk noch ä Schlückche. „Schäänövver beij os hee doheem jonnt dä Fraulü en Paris ooch en dä Pinte. Sonn Elejanz van dä Wiever kenne mer övverhaup net." Michel kick sich vürsichtisch öm, fängk aan zo tuschele: „Err wesst, ich well Engs vam Johr dat Marlene hierode. Dat moss jo net dä Nas dodraan krieje, wat ich üch verzäll…" Huuch on hellisch versechere dä Fröngde en dä Röng, dat se schwieje weede wie ä Jraav.

„Alsu", Michel wirp noch ens ene onsechere Bleck rongseröm, „ich han do ooch ä Madämmche kennejelieht… Olala! Dat Fromminsch konnt ä bessje dütsch. Noh ä hallev Stöndche Jeschwaafel van os hat et mich zo sich nohheem enjelade. Dä Mann wüüer em Ooorebleck op Jeschäffsrees, vertrouet et mich lees em Uer aan. Dä Wonnong van Mariekläär es ene kleene Palass; ich han bloß Bouklötz jestaunt. Ä Deensmädche hat os Schampus on Pasteetches serveet. Irjendwann hat dat heeß Fräuche mich ä Öösje zojekniep, en Düür zo ä anger Zemmer, ä Kabinett, opjemaat on met spetze Leppe jefispelt, ich soll en fönnef Minütte nohkomme."

Jeder am Stammdöijsch rieß Monk on Oore op. „On dann?" Michel kick nu jet muffelisch us dä Wäsch, jitt sich evver ene Ruck: „Wat soll ich saare…? Dat lecker Müssje looch breet on parat henjestreck op en Schesslong. Et Korsett hott et hallev opjemaat…, herrlich – zom Aanbisse! Dat Mammsellche hat mich stracks zo sich aan dä Strapse eraanjewonke." Dä Jalan Römisch Michel ongerbrich sich. Dä Fröngde klatsche en dä Häng: „Saarenhaff! Fantastisch…! Ja, on wie jing et wigger?" „Tja, on wigger?", Michel verdriehnt dä Oore noh oeve, „on dann,… dann woor alles jenausue wie hee en Kirchbersch!"

Minge ieschte Schölldaach

"Nu fängk dä Ärrens des Läävens aan", krieje dä Pänz henger dä Uere jeschrevve. Dä ieschte Schölldaach noht. Denne Kleene kribbelt et em Buch. Se hant dä kalde Schweeß op dä Stier stonn, wenn se met Mama an dä Hangk noh dä Schöll jonnt.

Fröhsch – en dä fuffzijer Johr – woor dat koom angisch. Omma on Opa wönschete völl Jlöck. Papp hovv dä Zeejefenger: „…On pass op! Net datte mich do Fissematente määs!" Dann trocke mer met en sällevs jefriemelt Schölltüüt, wo Äppel, Appelsine, on ä Täfelche Schokelad met ene Sarottimohr zom Usschnigge dren woor, em Ärm loss. Evensu stolz wie opjerääsch. Secher – mer schleefete net wie hüzodaach ene düere „Scout"-Tornister met Dinos, Päedches, Rennwaans oder Föisch drop om Rögge. Mer hodde ene jebruchte Schöllranze met dönn Scholderreemsches, die janz fies em Fleesch schniggete. An een Sied hong ä jehäkelt Tafelläppche erus, dat met ene decke Faam dörsch ä Lauch em Holzrahm van dä Schrievtafel fassjeknöpp woor. Doneever loore en dä Schölltäisch ä ronk Blechdüsje met ä Schwämmche dren. Jreffele on Molstefte woore en ä Holzkessje met ene Scharnierdeckel verschlooße. Dä mieschte Plei nohm eejentlich dä Botteramme-Blechbücks en.

Et woor die Zick, do läävete mer noch en völl zo kleen Wonnunge. Eemol dä Wääch wuued dä Zenkbütt zom Bade meddse en dä Köisch opjestallt. Mer erennere os jenausu dodraan, dat henger jedem Huus en Teppichkloppstang sting. Mer kannte Pluute, evver kenn Dschiens. Dä Mädches hodde övver dä Kleedches Schötzelches jebonge. Zom Schöllaanfang am 1. April woor et mieschtens noch jet fresch. Doför koame dä Jöngsjes met lang Wollströmp onger dä kotte Boxe dronger en dä Klass.

Dä ieschte Stond durfte dä Mödder beij dä Kenger blieve. Vüüre an dä jrueße Tafel sting dä Liehrerin. „Liesel Hintze", stallt se sich vür. Wenn mer Kenger jet saare wollte, mööte mer dä Hangk hevve, saat se. Os Frööle wollt met „Frollein" aanjesprauche weede. Et „Frööle" hat met dä Mödder en Liis aanjelaat, wer van os Puute en dä Paus Kakau oder Melch drenke well. Dann wuuede dä Fibele zom Läese liehre bestallt. Koom woor os Frööle druuße, öm dä Mödder zo verafscheede, fonge dä Lömmele on Jööre vam zweide Schölljohr aan zo zänke: „I, a, Köttela – kanns jo noch kenn i on a…"

Wie ich fresch I-Dötzje us dä Volleksschöll noh Heem jehöpp koom, stinge Opa, Omma on Mamm Spalier. Papp moot wirke. „Jong, verzäll! Wie woor et dann?", wollt Omma däräk wesse. „Och, mer hant ad Boochstabe op dä Tafel jeschrevve", joov ich met bree Bross kond. „Watte net sääs", määt Opa jrueße Oore on treck dä Jeldbüggel us dä Fottetäisch, öm mich ene janze Jrosche för Ahoi-Brausetütches zo spendeere. „Wat hatter dann jeschrevve?" – Ich wenket af: „Jo, Opa, woher soll ich dat wesse?! – Läese kann ich jo noch net!"

A B C D E F G H I *J* K L M N O P Q R S T *U* V W X Y Z

Nee, dä Jurend van hü!

Minge Nohber Häbbäet kütt wier am Jaadezung klaafe. „Dä Jurend hüzodaach kann eenem leed donn", jitt hä sich stonnsfooß am jömmere. „Beij os fröhsch konnt mer noch saare, dat jedes Pöttsche sieh Deckelche fengk. Du has et Deckelche, et Agnes, op ´m Schötzeball kennejelieht. Ich ben ming Frau op dä Raupenbahn et ieschte Mol nöher jekomme…" „Do haste evver Jlöck jehat, dat err üch net op dä Jeisterbahn jetroofe hat…", ongerbreisch ich höm. Sällevs do wüüed et en dä Corona-Zick schwoor, en Bekankschaff zo maache, weeß Häbbäet: „Met angerhalleve Meter Afstand on ä Maske em Jesieht – wie wellste do ä lecker Mädche oprieße?! On met Bütze es jo ad ens jar nix."

Dä Schlaumeier es sich ooch secher, dat die jong Fänte övverhaup net mieh en dä Laach send, met äsu ä Jöckradiesje jescheck zo kalle. „Mer hodde damols emmer ene flotte Sproch op dä Leppe, öm ä Mädche aanzomaache. Hü säät mer ´flörte´ on kann et net. Vör luter ´Wotts Äpps´– oder wie dä Strongs heesch – fenge sonn verhengerte Pussierstängele suwiesue kenn Wööet mieh." Mich fäehle beijnoh ooch dä Wööet: „Saach, hüüer ens! Wat has du dann op dä Raupenbahn zo Ingrid jesaat?" Dä Kloochscheißer bruch net lang zo övverlegge. „Dat weeß ich noch wie hü. Wie dat Verdeck eravjing op dä Bahn, ben ich em Hallevdüstere janz noh aan ´m eraanjeröck, han demm Blondche deep en dä Oore jekecke on han ´m jefrooch, wo mer dann hee Sauerstoffflasche koofe könnt… Et woor äsu baff, dat et nüüß saare konnt… Ich han ´m dann em Uher jetuschelt: ´Wenn ich dich senn, blitt mich dä Luff fott!´ – On du? Wat has du dann Agnes beijm Danze jesaat?" Ich zuck met dä Schoere: „Weeß ich net mieh."

Agnes legg em Liejestohl, rööf erövver: „Evver ich kann mich noch erennere. Beij dä ´Entedanz´ han ich jesaat, hä soll mich net äsu aanjlotze. Hä meenet, hä jlotzet net. Hä wüüed mar die Ussisch jeneeße." Häbbäet laach: „Sisste, dä Jurend hü hat et dä Sprooch verschlaare. Denne fällt nüüß en. Wie solle se do dä Mädches on Jonge zosammekomme könne – on dat noch beij Corona on dä janze Enternetz-Dress?!" Ich maach dä Nohber Moot: „Jevv doch ene VHS-Kurs för die Labbesse ´Flörten leicht gemacht´. Do krisste ooch noch Fännije för." Hä treck dä Stier en Falde, sennt häll: „Kenn schläete Idee. Ich mööt mich ä paah joode Sprüch usdenke… Mhmm, wat hälste beispellswies hee van: ´Kenk, hat et wieh jedonn, wie de vam Hemmel jefalle bes?´ Oder: ´Du bes äsu sööß! Wenn ich dich senn, krisch ich stonnsfooß Diabetes.´" Dä alde Hallodri schingk en sieh Element zo senn.

Domet Agnes net methüüere kann, sabbelt hä höösch henger vürjehaldene Hangk: „Dä Fraulü mosste irjendwann ä bessje Druck maache. Ich han dann mieschtens jesaat: ´Ich han mich ene nöije Wecker jekoof. Wellste demm morje fröh ens klingele hüüere?´" Hä övverlegg kott: „Joot kütt ooch: ´Mädche, ding schönn Oorefärev pass jenau zo minge Bettwäisch!´"

Nee, wat för ´ne Zirkus!

Höppenischs hant völl Zick. Fritz on Klara könne met dä Rente secherlich kenn jrueße Spröng maache. Evver dä Aldersversörjong reck emmer noch, öm eemol em Johr för zwei Wääche en Obernzell en Bayern zo urlaube. Töschedörsch könne se af on zo zosätzlich kleen, kotte Reese ongernämme. Se nötze dann döcks Sonderanjebote us dä Ziedong. Beispellswies woore se ad ens met´m Bus för 29 Euro ene enkele Daach en Amsterdam jewess. Mieschtens fahre Klärche on Fritz allerdengs op Usflösch van dä Vereine, dä Kirche, dä Jewerkschafte oder van dä Volleksparteie met. Jöss woore se met su en Partei en Berlin jewess. Krechels Kurt, ä Jemeenderoots- on Parteimetjleed, schwong sich jeer zom Reeseföhrer op.

Dä Busfahrer woor öm ene Demonstratzijuenszoch eröm am kurve, för ene Parkplei zo fenge. Krechels Kurt konnt nu jet länger dä Lapp schwaade. Hä explezeeret dä Reesejesellschaff dä Reichsdaach äsu noh, dat mer meenet, hä wönnt dodren. Höppenischs Fritz hott jau dä Nas voll van demm Jeschwafel. Wie en ahl Schöllzickde hovv hä dä Hank huch: „Ääh, saach hüüer ens…, weeßte eejentlich ooch, woröm dä Reichsdaach en Kuppel hat?" Do moot dä Jemeenderootshäerr kleen beijjevve. Hä wooß et net. Fritz kreejt Oeverwasser: „Dat es doch kloor. – Jede Zirkus hat en Kuppel!" Dä Fahrjäss laachete sich kapott. Krechels Kurt woor evver net op´m Kopp jefalle. Stonnsfooß nötzet hä dä Jelääehenheet, för dä näkste Busrees ad jet Reklame zo maache: „Mer fahre van os Partei us noh dä Hansestadt Soest. För mar 20 Euro! En dä Altstadt hant se jedes Johr ene riesije Weihnaatsmaat. Dat soll ene van dä schönnste em janze Lank senn. Dat sollte mer os för ä joot Beispell onbedengk aankicke! Villeich krieje mer sonne Maat beij os jo ooch ens hen."

Jetz woor dä Krechel wier en sieh Element. Ohne Punk on Komma joov hä sich ernöijt am schwaade: „En Soest läeve net mieh wie 50000 Lü. Beijnoh en Millijuen Minsche besööke allerdengs en dä Adventszick do dä Weihnaatsmaat." – Dä Busfahrer hott endlich ene Stellplei jefonge. „Bevör mer jetz jemeensam em Reichsdaach jonnt, kott noch ä paah Wööet zo Soest… Häerr Höppener hott op dä Kuppel on dä Zirkus henjewiese… En Soest woor dess Johr dä Zirkus Krone. En aach Vürstellonge loofete 32000 Lü. Alsue 4000 Minsche jedes Mol. Ensjesamp jesenn send dat 64 Prozent van dä janze Stadt… Ich weed dä Enfall met osser Partei ens doheem em Jemeenderoot enbrenge…"

Däräk sprong Höppenischs Fritz huch wie ene Höppekroetsch: „Osser Jemeenderoot es evensu ene Zirkus!" Klärche stüsset höm en dä Rebbe: „Halt leever dä Mull!" Fritz stallt sing Uere op Dörschzoch: „50 Prozent van osser Jemeenderoot send doch Idijote!" Krechels Kurt loofet ruet aan, sting kott vör en Explosijuen. „Häerr Höppener!", bröllet hä, „äsu jeht et net! Dat nämmt err däräk zoröck oder mer träafe os beijm Schiedsmann wier!" Fritz verdriehenet dä Oore, lenket evver en: „Joot, all könne se et hüüere, ich nämm dat heemet zoröck… 50 Prozent van osser Jemeenderoot send kenn Idijote!"

Net janz usjerief

„Nee, dat jeht jo övverhaup net vöraan met demm Bou hee", knottert Schädlichs Manfred. Jerhardse Franz-Jüpp versteht dä Welt ooch net mieh. Hä spings nöijjieriesch dörsch dä Bouzung: „Do haste wahl räet, Manni. Wenn ich dat richtisch em Kopp han, hant se doch ad vörijes Johr Engs Aprel usjeschach för dä Fundamente. On jetz – ellef Mont spöder – fange se iesch aan, dä Daachstohl zo maache... Denne send wahrscheinlich tösche- dörsch dä Flocke usjejange, wa?!" „Nö", schöddelt Beckisch Mattes singe Pläätekopp, „dat jlööv ich koom. Ich kenn die Fa- mellisch, die hee bout. Dä Bouhäerr, dä Markus, es dä Sonn van Stappens Hein, demm kenne mer doch all joot vam Schötzever- ein. Dä Markus setz deck dren em Mänädschment van dä RWE. Emmerhen verdeent hä mieh wie mer dreij zosamme aan Rente krieje. On demm sing Frau es Liehrerin aan dä Zitadell en Jü- lich... Ich jlööv iher, dat et beij sonn Villa technische Moläste jitt oder se hant Stonk met´m Bouamp."

Sonn Fröhrentnere trääfe sich jede Daach beijm spazee- re jonn. Se send fruhe, wenn se irjendwann, irjendwo jet zom krentekacke fenge. „Wat soll et dann do ad för decke Nööß zo knacke jevve?!", well Manni wesse. „Die jong Stappens boue ä sujenannt ´entellijent Huus´ – ä ´Smart Home´. Do send dä Planonge secher koom janz usjerief", weeß Mattes. Jerhardse Franz-Jüpp klatsch sich dä flache Hank schään dä Stier: „Je- nau... jetz, wo de et sääs... En dä Flemmerkess hant se dodrövver ä Filmche jezeesch. En äsu ä Bouwerk jeht alles autematisch. Alles elektruenisch." Hä explezeet, dat do ene Heizongsmischmasch enstalleet wüüed, domet mer ä Läeve lang koom noch ene Pänning för Kohele, Öel oder Jas usjevve mööt. On mer könnt met´m Händy dä Heizong us- on enschalte, dä Wärm erop- wie eravdriehene. Sujar wemmer wigg fott van doheem wüüer.

„Och – nix för mich!", wenk Manni af, „ich han jar kee Händy." Dä Rentner Jerhards hält met sieh Wessen net hengerm Bersch. Ooch alle Köijsche- on Huushaltsjeräte wüüere en äsu entellijent Huus ongerenander vernetz. Sonn Apperate wüüede sujar metenander mulle. „Wenn beispellswies et Elektroauto druuße aan dä Steckdues hängk on dä Huusfrau en demm Oorebleck ene Kooche backe well, säät dä Backovend zom Auto: ´Strom us beij dich! Bes dä Prummetaat fäedisch es."

„Ahh, jo! Do han ich ens van jeläese", jrief Mattes en. „Wemmer dä Kühlschrank zomäät, jitt dä zom Beispell kond: ´Kenn Mellech mieh do!´Wenn ich nu erusjonn, dä Huusdür zoschlaach, rööf dä Düür henger mich her: ´Onbedengk Mellech koofe!´ Praktischer jeht et jo koom noch… Allerdengs wenn ich ovends nohheem komm, han dann tatsächlich dä Mellech verjääße, lett mich ming eeje Huusdüür net eren. Ich bliev usjesperr. Dann stonn ich enetwell seckenaaß em Rään on dä Dür schubb met mich: ´Wenn mööschlisch… bitte wenden! Kenne Zotrett…! Sulang de kenn Mellech dobeij has!"

Noh dä Naatschisch

Et es 3 Uer nohmeddaachs. En dä kleen Köijsch, die ieher ä winzisch Kabüffje es, setze Irmche, Lilo on Otti beijm Fröhstöck. Schwatze Kaffe on Zerette. Decke Qualm verhengert zo erkenne, dat die dreij Fraulü koom jet am Liev draare. Se komme däräk van dä lang Naatschisch ussem Bett am Kaffedöijsch. Lilo, jewess net et Jöngste en demm Trio, widd nohdenklich: „Wat maache mer eejentlich, wemmer älder weede? Dann könne mer aan dä Thek dä Mannslü net mieh äsu aanspetze wie jetz noch, donoh met denne en dä ieschte Etaasch en et Bett höppe on se usnämme wie en Weihnaatsjangs…?" Övver sonn Frooch moss mer ad ens drövver berootschlaare, wemmer am Dörpsrank en dä „Kakadu"-Bar wirk on et Jeld em Legge verdeent.

„Mer sollte ene Verein oder zomendestens ene Ausschuss för dä Alderssecherong van Pläsiermädches jrönde", lett Lilo net locker. „Jo, on mer send dä Ausschuss, wa!?", bloos Irmche en Wolek HB en dä Luet. „Jetz, wo nöijerdengs dä Wiever all met Miniröck bes aan dä Aaschbacke erömloofe, hammer et suwieso net mieh äsu liet, dä Kondschaff aanzotrecke, öm se uszotrecke", knottert Otti. Wenn dä ieschte Falde em Jesieht köeme, wüüede se ooch am Hengisch komme, knaatsch dat wasserstoffblond Lilo. „Irjendwann fällt alles am Liev dörsch dä Äedanziehong noh onge… Wo solle mer dann van läeve?" Irmche verspritz jet Jeff zo Lilo: „Secher, du has jo dä jrößte Deel van dä Zokonnef ad henger dich!" Dat brengk et Bloot van demm Blondche en Wallong: „Mich hat en Zijeunerin et Läeve us dä Hank jeläese. Se saat, ich weed siehr alt." „Wenn ich mich dich äsu aankick", rieß Irmche övverdrevve dä Oore op, „hat dat Fromminsch räet jehat."

Otti jeht dotöscher: „Loss os net strigge! Ich meen, mer hant doch, verdammp noch ämol, Brass jenooch hee en dä Putick. Des Naat han ich zom Beispell äsu ä Luschuer em Bett jehat… Dä fuule Sack es doch tatsächlich enjeschloofe! Joot, do han ich höm dä Jeldbüll jemopps. Wie ich mich dä evver jenau aanluuer, do merk ich, dat et mieh eeje Pottmonee es… Äsu ene Drecksemmer…, mich zo beklaue!" Dat ruede Irmche kütt met dä Enfall, sich beijm Fernseher ä paah Fänninge dozo zo verdeene: „Ich meldt mich beijm Robert Lembke för dat Kwiss ´Was bin ich?´" „Och", wenk Lilo af, „wenn dä Lembke dich noh dä karakteristische Hankbewäejong frooch, haste jo ad verlore… Nee, nee, för et Alder mösse mer ad jet zoröcklegge." Irmche räsoneet, dat et sich dann wahl noch döcks zoröcklegge mööt.

Lilo schläät vür, dat sich jeder van jede Bocksprong en jede Naat ä Deel van demm Luhen op Sied legg för et Rentealder. „Ich han zom Beispell för minge Läevensovend dä letzte Naatschisch janz afjezwack: 95,50 Mark." „Wie? Wat? Oos, wer jitt dich dann do fönnef Jrosche?", frooch Otti. Lilo: „Ja, jeder!"

NICHT NUR ÜBER EINE BILANZ MIT ZAHLEN, ZIFFERN UND ZINSEN...

...berichtet **Uwe Willner**, Vorstandsvorsitzender der Sparkasse Düren, dem Herrn Jedönsrat. Auszug: JN/JZ

Foto: Sandra Kinkel

Herr Willner, Sie haben rund um die Uhr mit Zahlen, Ziffern und Menschen zu tun. Sehen Sie sich im Alltag vorwiegend mit Nullen konfrontiert?

„Der Mensch wird bei uns keinesfalls wie eine Nummer behandelt. In allen Sparkassenfilialen wird „Kundennähe" großgeschrieben."

Benjamin Franklin, einer der Gründerväter der USA, sagte: „Wenn du den Wert des Geldes kennenlernen willst, versuche, dir welches bei der Bank zu leihen." Was setzen Sie dem entgegen?

„Will ein Kunde in Sachwerte investieren – Haus, Maschine oder Betrieb – prüfen wir, ob wir das Anliegen unterstützen, leisten können. Ein Hauskäufer etwa muss schließlich in der Lage sein, den Wert der Immobilie zurückzuzahlen."

Ist der Banker nicht ein Mensch, der seinen Schirm verleiht, wenn die Sonne scheint, ihn aber sofort zurückfordert, sobald es zu regnen beginnt?

„In der Finanzwirtschaft ist das leider kein Einzelfall. Hingegen sind wir allerdings verlässliche Partner. Wenn es den Leuten und der Wirtschaft im Kreis Düren gut geht, geht es auch der Sparkasse gut."

Die Sparkassenangestellten behandeln ihre Kunden gewiss so sorgsam wie rohe Eier. Und rohe Eier haut man doch in die Pfanne. Oder?

„Wir hauen unsere Kunden keineswegs in die Pfanne. Wir behandeln sie in der Tat wie ein rohes Ei, packen sie eher in Watte."

In Zeiten von Corona tragen die Kunden wie auch die Angestellten Masken. Warum dürfen die Beschäftigten dann weder Tattoos noch Piercings tragen?

„Piercings sowie Tattoos sind mittlerweile erlaubt, insofern sie nicht abstoßend wirken. Von den vergangenen Geldschalterzeiten mit Schlips, Charme und Melone ist noch der Charme geblieben."

Wissen Sie, was Ihre Familie, Ihre 632 Angestellten und Robinson Crusoe gemeinsam haben?

„Mhmm… Ich ahne es: Sie warten alle auf Freitag?!"

A B C D E F G H I J K L M N *O* P Q R S T U V W X Y Z

Och, dat ooch noch!

Hompeschs Max es am zälle: „…nüng on zwei send ellef on dreij…" Do klopp et aan dä Düür zo sing Ampsstuev. Onopjefordert trett ene frembde Käel en: „Morje! Ben ich hee richtisch em Wonnongsamp?" Häerr Hompesch kütt jar net zom Antwooede. „Ich han hee en Jülich en Arbeetsstell jekreejt", jitt dä Besööker kond, „jetz bruch ich en Wonnong". Dä Staatsdeener röck singe Brell op dä Nas zoräet: „Ieschtens semmer kenn Wonnongsvermeddelong! On zweidens: Wer sett err övverhaup?" „Ieschtens heesch ich Richard Franken. On zweidens es dat hee wahl et Wonnongsamp", kick dä Häerr Franken sich en dä Deensstell öm.

„Secher", jitt dä Verwaltongshängs zo, üüßert evver sing Bedenke: „Wenn err zom Jesonkheetsamp jott, kritt err do Jesonkheet? Wenn err zom Finanzamp jott, kritt err do Finanze? Nee! On beij mich jitt kenn Wonnonge." Frankens Richard widd onröijisch: „Evver wo soll ich sonns henjonn, wo doch ä Wonnongsamp…" Dä beampete Bleijsteffspetzer ongerbrich höm met´m Rootschlaach, en Wonnong zo koofe. Doför hötte kee Jeld, jesteht dä Häerr Franken kleenlaut. „Tja, wirke moss mer schon dofür", meent dä Bürokrat. Arbeede könnt hä allerdengs doch iesch en Jülich, wenn hä do en Wonnong hött, jrief sich dä Bettsteller am Kopp. Hompeschs Max es jo kenne Onminsch: „Mhmm…, ääh, sett err verhieroodt?" – „Jo." – „Och, dat ooch noch! Hat err Kenger?" – „Jou, zwei." – „Och, dat ooch noch!

Hat err Huusdiere?" – „Jo, ä Möppche." – „Och, dat ooch noch! Nu saat mich ens, wat hat err dann net?!" – „En Wonnong!"

Dä Parajrafeheini fängk aan, en dä Akte zo blaare: „Wie wüüer et dann met en Ongerkonnef en Bärme, Koßeler oder Buurheem oder villeich Kirechbersch?" Do es Frankens Richard voll met enverstange. Hompeschs Max kratz sich am Kenn: „En Bärme em Steenwäech es en Wonnong…" „Es jebongt", widd hä däräk ongerbrauche. „Nee, nee", legg dä Staatsdeener dä Stier en Falde, „die Wonnong daaf ich iesch verjevve, wenn die Wonnstatt en Koßeler en dä Adeljundisstrooß vermeet es." Dann wüüed hä evens noh Koßeler trecke, stemmp Häerr Franken zo. Dä Ampsinspektor schöddelt dä Kopp: „Nee, bevör dä Zemmer en dä Adeljundisstrooß afjejevve weede, moss en Kirechbersch en dä Schophoevener Strooß en Wonnong verpaach weede." „Joot, nämm ich die", rief Frankens Richard sich dä Häng. „Jeht ooch net", beduuert dä Verwaltongskalfakter, „zoiesch es en jrueße Wonnong en Stetternich em Welldörper Wäech draan… Mer maache et äsu… Err treckt ä paah Daach noh Stetternich. Donoh wonnt err en Wääch en Kirechbersch. Dreij Daach spöder treckt err öm noh Koßeler on zoletz hat err dann dä Wonnong en Bärme."

Frankens Richard well wahl noch en Bescheinijong dodrövver han. „Ähh, ich han jetz Fierovend", rüümp dä Staatsdeener dä Akte fott, „ich moss nohheem em Jeschäff. Ming Frau wäät op mich; die hat en Speditzijuen för Wonnongsömzösch!"

Op ee Ooch blenk

Hä sooh dä Welt mar met ee Ooch. Dä lenke Ooreappel hotte em Sahara-Sank jelosse. Ene englische Jranatsplitter braat Heinens Martin zicklich et Eng vam zweide Weltkreesch. Nohdemm se höm tatsächlich fäädisch Pharmazie studeere jelosse hant, domet hä en Jülich dä Appethek van singe malade Papp wiggerföhre konnt, hodde se höm dann doch noch beij dä Wehrmacht enjetrocke. Martin wuued als Sanitäter en en Enheet beijm Jeneralfeldmarschall Rommel em stöbbije, heeße Tunesie enjesatz. Vam Lazarett beij dä Tommies jing hä däräktemangs beij denne en Jefangeschaff. Dä ihemolije Sani widd ooch Johre spoder net jeer op sing „aktiv Zick" aanjesprauche: „Do well ich op kenne Fall mieh draan erennert weede."

Wie hä endlich nohheem koam, sting hä wier en en Wüste. En en Trömmerwüste. Jülich looch en Schutt on Aisch. Net mar dä Appethek van Papp moot wier opjebout weede. Aanfang dä fuffzijer Johre fong et Läeve aan, en hallevswäechs vernönftije Bahne zo loofe. Nu merket Martin evver, dat noch jet fäehlt. Hä föhlet sich alleen. „Ich möot ä Fromminsch kenneliehre", jing höm van morjens bes ovends dörsch dä Kopp. „Evver wer well ad ene Käel met en Ooreklapp wie ene Pirat oder met ä Jlasooch wie ene Boxeknoof us Perlmutt?!", woor dä Appetheker Heinen jrad am simmeliere, wie hä – puffpaff – us sing dröov Jedanke jeresse wuued. Dä Düür wuued äsu met Kawupptisch opjestoße, datte Jlöckches dodraan Alarm am bimmele woore.

Ä apaat Fräuche koam erenjestürmp, völlisch uußer Ohm. „Ich komm vam Sankt Elisabeth-Krankehuus", huuet Martin die jong Frau övverflüssijer Wies saare, weil se jo dat Häubche op´m Kopp on onverkennbar dat blau Kiddelkleed van en Krankeschwester drooch. „Mer krieje morje iesch hee dat Medikament", laat ene Zeddel op dä Thek. „Dä Dokter bruch dat evver onbedengk däräk. Hatter dat hee?" Demm Pilledriehener fool et schwoor, dat Ooch van demm lecker Wivvje zo nämme, öm dat Jekritzel vam Medicus zo entzeffere. Zom Jlöck konnt hä hellepe. Hä wongeret sich sällever övver singe Jeestesbletz: „Ich komm jetz döckers em Krankehuus froore, of err irjendjet brucht…"

Äsu send sich dä Appetheker on dä Krankeschwester Wääch för Wääch nöher jekomme. Et duuret net lang, do hott Martin Schwester Christine zo ä Stöckche Kooch em Café enjelade. Irjendwann maachet hä sing Flamm kneefällisch ene Hieroodtsantraach: „Christinche, wat hälste dovan, wemmer Prummetaat on Riesflaam demmnäks verhierodt en ming Wonnong ääße?"

Dä fresch jetroude Frau Heinen jesting demm Ihemann am iesche Daach beijm iesche sällevs jekauchde Ääße: „Äähh, ich ben net en dä Köijsch jrueß jewuuede… Van ming Mamm han ich bloß jeliehrt, Rodongkooch zo backe on Rievkooche zo maache." „Och, Engelche, dat kütt secher met dä Zick", wooß Martin zo trüeste. „Allerdengs wööß ich nu wahl ens jeer: Han ich jetz Rievkooche oder Rodongkooche jejääße?"

ÖM JODDES WELLE!

Fabisch Änn on dä Mann Alfons send em Dörp joot aanjesenn. Die zwei hant sich vör 41 Johr op´m Könningsball beijm Schötzefess em Nohberkaff kennejelieht. Se hant en Zick lang pussiert..., bes Ännche fuppdisch en anger Ömständ koam. Weil dä Hellije Jees met Jewessheet net em Spell woor, konnt dat Kenk mar vam leeve Alf senn. Domet sonn Schand en äsu kattolisch Nees kee Minsch metkritt, hant beede flöck jehieroodt. Koom aach Mont spööder es Edith op dä Welt jekomme. Et Älderepaah Faber hat alles jedonn, öm demm Kleen ä joot Läeve zo beene. Met Höllep van Ännches Äldere hant se en denne hönne Jaad ä Huus jebout. Et Döhterche es joot behööt opjewaaße, hat spööder dä Realschöll besuuet, öm dann em Amp Schrievkraff zo liehre.

Hü es Edith ad 40 Johr alt, wönnt alleen en Düre on es Sekretärin en dä Stadtverwaltong. Met Mannslü hat et beslang kee Jlöck jehat. Em Jäejendeel. Et hat zwei Fisternöllches jehat. Am Eng hat et erusjekreejt, dat die Drecksäck längs verhieroot woore. – Alle paah Daach rööf et doheem aan. „Mama, ich han mich verlob!", platz et am Mettwoch erus. Mamm es pärpläks: „Edith, Kenk..., nee, wie freu ich mich! Du bes jo nu ad veezisch Johr... Ihrlich jesaat – ich hott Bammel, du wüüeds setze blieve." Edith fängk aan zo stroddele: „Ääh, Mama, weeßte... Et es äsu... Hä hat nix met os Kirech am Hoot...! Dä jlööv jet angisch wie ossereene!" „Öm Joddes Welle!", fieht Modder Änn dä Schreck en dä Knooze, „evver joot, Haupsaach, du has ene Mann jefonge." Dä Dohter nämmp et Hätz en dä Häng: „Hä sitt ooch jet angisch us, hat en zemmlich donkel Klüer." Mamm wääßelt dä Färrev: „O Jott! Du meens, dat es ene Schwatze…?! Ejal. Wenn err zwei mar jlöcklich zosamme sett." Edith fällt ä ützje em Hoos: „Mama, Besad es net janz schwatz, evver donkelbrung. Minge Verlobte es ene Perser."

„Marijedeijes!", kritt Änn ene Jrömmel en dä Trööt, „dat es ene Perverse?!" Jetz moss et Döhterche allerdengs protesteere: „Nee, nee! Hä kütt us Persien. On do hatte kenne Beruf jelieht. On well hee ooch net wirke." Mamm stonnt nu dä Hoore zo Bersch. Em Dörp weede se sich secher dä Mull zerrieße. Se rappelt sich evver vör et Kenk jau wier op: „Wat soll ich saare…? Emmerhen has du jo en joode Arbeetsstell, verdeens janz joot. Mann on Frau – wie dinge Papp on ich – mösse sich jejenseitisch hellepe." Edith trout sich wigger vür: „Besad hat ooch kenne Pänning för en Wonnong." „Dat määt nix", wenk Mama af, „err könnt noh os trecke. Du on dinge Mann könnt os Schloofzemmer han. Papa widd en dä Wonnstuev op et Sofa schloofe."

Edith freut sich, hat em Stelle op äsu Anjebot, op äsu völl Höllep van doheem jehoff. Jetz fällt demm Fräuche evver en: „Toll, Mama! Evver wo wells du dann schloofe?" Änn moss schlecke: „Öm Joddes Welle, Kenk! Öm mich bruchste dich kenn Sörsch zo maache. Subald ich dat Telefon hee oplegg, triff mich dä Schlaach on ich ben duet!"

ÖVVER SEBBE BRÖCKE MOSS DE JONN

Wer nix widd, dä widd Wiet. Koom angisch es dat beij Bröcke Nöll jewess. Uußer ä bessje Jitarrespelle hott Arno Brück nie jet Vernönneftijes jelieht, öm sich övver Wasser zo halde. Sumet sting hä 1989 puffpaff ohne Arbeet on Verdeenst do. Zom Jlöck hott sing Omma höm knapp 19000 Mark verärrev. Hä hat dorophen sing Sankkasteliebe, dat Rademachisch Ruth, jehieroodt on se hant zosamme dä Enfall jehat, en Wietschaff opzomaache. Dä Kneip soll „Et Bröcksche" heesche. Zomol Nöll dä Jäste ad ens met Jitarre on Jesang ongerhalde wollt. On am beste konnt hä van Maffays Petter dä Schlaarer „Über sieben Brücken muss du gehn" vürdraare. Hä hott dat Leedche allerdengs en Plattdütsch ömjeschrevve.

Nu fiere Ruth on Nöll hü met ene Hoof Jäste ad 30 Johr „Et Bröcksche". Dä Bud es ad fröh jerammelt voll. Völl Mannskäels hant dä Fraulü oder ä Deel jong Fänte hant dä Fröngdinne metjebraat. Kott vör ellef Uer ovends lett Nöll sich net mieh lang nüedije, jrief noh dä Jitarr, öm dat „Bröcke"-Kneipeleed zo spelle. Beijm Refräng stemme se all met en: „Övver sebbe Bröcke moss de jonn, sebbe Johr moss de övverstonn, sebbe Johr moss jede Jrosche her, en sebbe Johr ben ich Milljonäär…" Donoh hält Nöll en kleen Dankesred: „Ieschtens ben ich net Milljonäär jewuuede… on zweidens wüüer ich ooch bald net Wiet jewuuede! Wie ich damols ´Et Bröcksche´ met allem Dröm on Draan usjestatt on beij dä Ämpter jemeldt hott, jing et loss.

Beheidskriemer vam Ordnongs-, vam Bou- on vam Jewerbeaufsichtsamp joove sich dä Klenk en dä Hank. Dä Bouopsicht verlanget en füüsechere Deck. Die hodde mer koom vör düüer Jeld enjebout, do koam dä Blötschkopp vam Ordnongsamp met´m Zollstock. Hä meenet, die Deck wüüer zweienehalleve Zentimeter zo deep…

Dä Tüütenüggel van dä Jewerbeopsicht hat mich dozo verdonnert, ene ´Pausenraum för dä Anjestellte´ zo schaffe. Ming Frau wüüer jo offiziell aanjestellt beij mich… Dann dat Drama met´m Feuerlöscher! Övver dä knallruede Füülöscher, demm mer net övversenn kann, mööt noh Parajraf XYZ ä Scheld hange, wo ´Feuerlöscher´ drop steht. Op ä Stöck Pappedeckel han ich dann ´Feuerlöscher!´ jeschrevve on opjehange. Dä Verwaltongsheini frooret mich dorop, wat wahl wüüer, wenn jetz eene kee Dütsch kann. Dorophen han ich dä Feuerlöscher met en Polaroidkamera jeknips, han dat Foto övver dä Feuerlöscher jekläv. Dat hat dä Kloochscheißer ´usnahmswies´ äsu dörschjonn losse…

Evver et es noch emmer alles joot jejange. Bes op eene Vürfall met Jemmenischs Jupp, dä jo letz Johr van os jejange es. – Ich saat zo höm: ´Du has jestere ee Bier zo wennisch bezahlt´. ´Dat hüüer ich nu ad et zweide Mol´, hott Jupp sich jewongeret. ´Wiesue?´, frooret ich. ´Op´m Heemwäech letzte Naat meenet dä Poliss zo mich, ich hött wahl ee Bier zo völl jedronke.´"

A B C D E F G H I J K L M N O **P** Q R S T U V W X Y Z

Pilledriehener on Präedijer

Hä es fruhe, hee em Altkrees Jülich ongerjekomme zo senn. Äsu es dat net wigg van sing Heemat, van Kengswiller, fott on hä kann met dä Lü em Dörp platt kalle. Emmerhen erlietert dat sing Aufjab. Hä föhlt sich als janz jonge Pastuer noch jet onsecher en sing ieschte Kirechejemeende, die hä övvernomme hat. Pastuer Joachim Lühring fängk ad aan vör luter Opreejong zo zeddere, wenn hä aan dä Präedisch för dä 6. Januar denk, dä Daach van dä Hellije Dreij Könnije. Kaspar, Melchior on Balthasar. Wie hä nu sing wärm Wööet för dä Kanzel am schrieve es, widd hä emmer iggelijer. Dä Kirechjänger wolle jo övverzeusch weede van sonn Ansprooch. On et es wahl secher wie et Amen en dä Kirech, dat et Vollek aan sing Leppe hange widd on sujar op Punk on Komma oppaaß beij singe ieschte Optrett.

Zom Jlöck kennt Huchwürden Lühring us dä jemeensame Schöllzick dä Pilledriehener Wenkels Manni, dä en Appethek en dä Nohberjemeende ongerhält. Weje dä Präedisch kribbelt et höm äsu am janze Liev, datte Manni öm Root frooch: „Ich han su stärk Lampefeeber… ich jlööv, ich krisch kee Wooet erus." Fachmann Wenkels versteht et, höm jet zu beröihije: „Joachim, du moss ding Red vör dä Speejel übe. On emmer dann, wenn de et Zeddere kriss, drenkste dich hee us die Flasch ´Medizinischer Jachttropfen´ ä klee Pennsche. Dat Zeusch es met Alkohol, wirk evver wirklich Wunder." Dä Appetheker versprich noch huch on hellisch, hä wüüed ooch zo dä ieschte Präedisch en dä

Tempel komme.

Pastüersche hat van ovends bes morjens sing Kanzelred vör dä Speejel träneet. Dä janze Naat, bes hä en dä Sakristeij jing, hott hä ronk achzehn Mol jezeddert. Sing Mess, dä Joddesdeens, kütt dä Lü ad ä bessje flatterisch vür. Se merke, dat dä jonge Pastuer zemmlich fickerisch es on am Altar düschtisch erömzappelt. Hä jeht op dä Kanzel. Nu kammer en Stecknold falle hüüere. Wat dä Jeesliche koom zo hoffe jewaach hat, passeet… Donnernde Beijfall en dä Kirechebänk! Vör luter Klatsche hüüert mer dä Steen net vam Hätz vam ihrwürdije Häerr Lühring falle.

Noh demm Huchamp frooch hä dä Appetheker, wat hä dann van sing Präedisch hält. Wenkels Manni klopp höm kameradschafflich op dä Scholder: „Joot jemaat! Ä paah kleen Fäehler send mich opjefalle. Alsu – Eva hat Adam net met en Prumm verfööht. Dat woor ene Appel. Dann hat Kain Abel net erschosse, hä hat´m hengerröcks erschlaare. Et heesch en dä hellije Schreff net ´Berschhotel´, do steht ´Berschpräedisch´. On Jott hat net singe Sonn för dä Enjeborene jeoofert, sonders singe enjeborene Sonn. Dann heesch et net dä wärmhätzije Bernhardiner, et woor dä bärmhätzije Samariter. Et heesch ooch nirjends ´Dem Hammel sieh Deng´, allerdengs ´Demm Hemmel seij Dank´. On dä Hellije Dreij Könnije heesche Kaspar, Melchior on Balthasar, doch op kenne Fall wie du jesaat has ´Fassbar, Malzior on Altbasar´. On am Eng säät mer ´Amen´ – on net ´Prost´."

Polisse jriefe dörsch

Mer merk, dat dä Poliss en sing Schrievstuev jeer alles aan dä richtije Stell hat, ofwohl dat Büro rankvoll met ene Bärm Akte, Papiere on Formulare legg. Evver alles fengk sich pingelisch neever- on övverenander jelaarert. Kant op Kant. Schnack on schärp wie dä Büjelfalt en sing Box. Polizeijkommissar Volkert bleck sich noch ens ronksöm en singe Kabuff, of kenn Stöbbmüüs irjendwo zo senn send, setz sich am Schrievdöisch, öm dann zwei Kolleeje erenzoroofe.

Polizeijmeester Uwe Stüber on dä Jongspund, dä Meesteranwärter, Thomas Ewald trädde nohenander em Hellischtoom vam Chef en. „Setzt üch!", zeesch dä Kommissar op zwei Stöhl. Die beede nämme dä Deensmötze vam Kopp on platzeere sich vör dä Schrievdöisch. Thomas fängk aan zo schweeße; hä wibbelt jet kribbelisch op singe Setz eröm. Noch net janz drüsch henger dä Uere, kann hä koom wesse, wat op höm zokütt. Doschään bliev Uwe Stüber janz röijhisch. Emmerhen es hä met Kurt Volkert zosamme en een- on däsälleve Kejelclub. Dä Kommissar – janz Vürjesetzte – bloos sich jrueß on breet en singe Sessel op: „Dann verzällt ens, wat met die zwei falsche Fuffzijer, die err jeschnapp hat, loss es. Die een Scheeßbudefijur dräät ene ruede Mangtel on dä anger schläete Jrosche ene schwatze, steht en üer Protekoll."

„Et es äsu", fängk Polizeijmeester Stüber aan, „die Beschöldischte konnte sich net uswiese, kenn Papiere vürlegge. Op os

Frooch, wo se dann wonnete, joove se aan: ´Janz wigg fott van hee. Evver mer send övverall bekank op dä Welt´. Met sonn Antwooet kammer nu wirklich nix aanfange. Alsu mösse mer van zwei Pennbröder usjonn. Die Strööfer woore, wie se sälleveer zojoove, dess Naat am 6. 12. 2014 en dä Wonnong van Frau Resi Hermanns enjedronge on hant se ooch noh miehrmolije Opforderonge hen net verlosse, wat dä Tatbestand zom Hausfriedensbruch erföllt.

Wigger hant die zwei Jestalte dä Häerr Heinz Hermanns jezwonge, dat Leed „Lustisch, lustisch trallerallala" zo senge on ä Jedich vürzodraare. Nohdemm hä dat dann tatsächlich jedonn hott, hant die nixnötzije Erömdriever us ene Sack Obs on Nööss op dä Döisch jeschott. Dä Zeuje Hermanns säät: ´Nix dovan hant die Wännläpper wier opjerüümp!´ Beede Beschöldischte hant jestange, äsu ene Strongs ad miehrmols en dä Naat jelapp zo han… On dat se dat näks Johr jewess wier äsu maache wolle. Polizeijmeesteranwärter Thomas Ewald on ich hant dat sälde Paah dorophen zor Secherheet en Jewahrsam jenomme."

„Mhmm", riev dä Kommissar sich et Kenn, „ens kicke, wat dä Staatsanwalt dozo säät. Wie äsu döcks stellt sich dä Frooch, of os Enreesebestemmonge net schärper senn mösse. Mer Polisse jriefe dörsch – evver am Eng hammer doch wier dä Aaschkaat."

Puddelrühe en dä Düür

Net allzo völl Lü erennere sich jeer aan dä 25. Mai 1987. Nee, wat woor dat van vüüre eren mondelang ene Bohei öm en hoddele Vollekszählong. Jenau besenn, moss mer saare, dä Kokolores kütt ene hü noch vür wie ene Sturm em Wasserjlas. „Zällt net os, zällt üer Daach!", hodde Demonstrante em janze Lank dä Poletiker aanjejreffe. En hallev Milliuen Vollekszäller wuued dörsch dä Jejend jescheck, öm dä Minsche met ene Hoof Froore, die op ä paah DIN-A-4-Formelare stinge, dä Vräck aanzodonn.

Brehms Mattchö van dä Jemeendeverwaltong hodde se ooch dä Deens op´m Ooch jedröck, jede Huushalt em Dörp opzosööke on uszokondschafte. Mänche Manns- on Fraulü hant höm fröngklich en dä Köijsch oder dä Wonnstuev enjelade. Doschään hant angere höm net övver dä Düürschwell jelosse. Do moot hä döcks dä Papiehkroom em Rään op´m Dürpel erledije. Koom angisch jing et demm Staatsdeener beij Hermanns Leijonaad. Demm singe Nohber hott ad drop henjewiese, dat met demm net joot Kiesche ääße wüüer. On em Dörp mullete se ad johrelang henger vürjehalde Hank, dä Drecksack sollt ene van sonn Nudiste senn. Wie Mattchö dann do am Vee-Famellije-Huus schället, woor et zom Jlöck net am drüppe. Doch dä Huuseejendömer Hermanns verstallt däräk met sing breede Fijur net bloß dä Enjangsdüür, hä sting ußerdemm puddelrühe do. Et Inzischste, wat hä am Liev drooch, woor äsu en Beheidskriemer-Ärmbanduher.

Dä ampliche Vollekszäller looß sich nix aanmerke, frooret sachlich: „Wer wönnt dann hee onge rääts?" Leijonaad verschränk dä Ärme övver dä nackse Bross: „Do wonn ich met ming jetzije Famellisch, met zwei Döhter on zwei Sönn." „Aha", Häerr Brehm schrievet op, „on wer wönnt do lenks?" En dä lenke Wonnong wüüer sing Fröngdin met fönnef Kenger, dreij Löresse on zwei Mädches, ongerjebraat, joov Häerr Hermanns kond. Hä nannt noch dä Name van denne. „Mhmm", maachet Brehms Mattchö, „on en dä ieschte Etaasch rääts?" „Ming ieschte Frau met aach Puute", explezeeret dä Huuseejedöömer. Dä Vollekszäller zauet sich, dä janze Name op´m Papieh zo kritzele. „On wer läev oeve lenks en demm Bou hee?", zeejet Häerr Brehm opwääts. Leijonaad kratz sich am Kopp: „Dat es ming zweide Frau… met sechs Pänz wie dä Orjelspiefe. Os Heike, et Petra, dä Frank, dä Chrestian…"

Noh wiggere Froore noh dä Nohkomme, noh et En- on Uskomme bedanket sich Mattchö beijm Huushäerr för sing Jedold. Hä wollt allerdengs onbedengk noch jet wesse. En Frooch brangk höm besongisch onger dä Nääl. On hä platzet beijnoh vör Nöijier: „Ääh, Häerr Hermanns… net för dä Akte… Evver weil err hee… ääh… äsu onbekleedt…,ääh, äsu puddelnacks erömlooft… Sett err ene Nudiss?" Leij stemmet dä Häng en dä Höfte: „Nöö, ich feng mar kenn Zick, mich aanzotrecke!"

A B C D E F G H I J K L M N O P Q *R* S T U V W X Y Z

Redaktöör prööf Jedönsrat

Wat hammer em Hengerkopp, wemmer aan 2010 denke? Ming Frau Agnes erennert sich stonnsfooß am 89. Jebuuetsdaach van Tant Liesje. Mäncheene övverlegg, dat damols wahl op Island dä Vulkan Eyjafjallajökull wäächelang Aisch övver os usjespout hat. Angere wesse, vör zehn Johr sting et ieschte Mol ä Verzällche vam Herr Jedönsrat en dä Ziedong. Noh äsu en lang Zick meenet dä Redaktöör, mich zor Secherheet op Hätz, Niere on besongisch op minge Verstank prööfe zo mösse.

Agnes deht mich kond: „Nu nämm dat Jubiläom mar net äsu wichtisch. Dat es bloß ä Datom, aan demm en Null för en Null jeiehrt widd." Mieh Jötterwiev hält met dä Meenong nie hengerm Bersch: „Du bes en verkieht jestemmte Stradivari onger luter Aaschjeije!" Sue es mich dä Wengk ad us dä Sejele jenomme, bevör ich en dä Redaktzijuen aankomm. Weje dä Corona-Dress jrateleere se mich all met 1,50 Meter Afstand, wönsche mich vee Wääche Sonderurlaub on en saftije Jehaltserhöhong. „Sällevs wenn dat net jelenge widd, wönsche kammer et dich jo trotzdemm…", mullt dä Chef henger dä Schrievdöijsch.

Hä steht op on kütt däräk zor Saach: „Van uuße jesenn, erkenne mer jewess, dat dä Lack beij dich doch am Afblaare es. Dat määt evver nix, dä ennere Werte zälle. Doför moss ich nu eruskrieje, wie joot de noch dobeij bes. Fange mer met ding Jesonkheet aan! Wenkel ens et rääte Been aan on bliev op demm angere stonn! Reck dä Ärme huch on flatter domet wie ene Vurel! Jetz versöök, ene Moment afzohevve…!" Et klapp net. Dä Chef waggelt met ´m Kopp: „Dat flupp net weje dä Schwerkraff aan dinge Buch." Hä schriev jet op ä Blättche, frooch, wat dä Ongerscheed tösche ene Beenbroch on ene Enbroch wüüer. Do bruch ich net lang zo övverlegge: „Noh ene Beenbroch moss mer legge. Noh ene Enbroch moss mer setze."

Datte Hiersünapse beijm Jedönsrat noch joot vernetz send, freut dä Redaktöör, stellt däräk dä näkste Frooch: „Wobeij vertippe dä Dschornaliste sich am mieschte?" Do moss ich passe. „Beijm Lotto", explezeet mich dä Ziedongskäel. Jetz hatte mich zemmlich veronsechert, schnapp mich am Schlafittsche: „Wat för ene Satz hat kenn Wööet?" Dä Sekretärin jitt mich Zeijche, die ich evver net verstonn. „Dä Kaffesatz", kütt mich dä Chef zovör. Öm demm Prööfongsspellche ä Eng zo maache, well ich aflenke on wesse, wat hä dann van demm nöij Jedönsrat-Episöödche hält. „Et könnt schläeter senn", brommp hä. „Wiesue dat dann?!", weed ich biestisch. „Na joot", wenk dä Chef af, „dat Verzällche könnt net schläeter senn."

Enzwesche hat sich dä janze Bajaasch us dä Redaktzijuen en dä Meddaachspaus vertrocke. Ich bliev met ´m Leiter alleen. Do jeht et Telefon. Ich stonn nöher draan wie dä Pressechef. Hä meent, ich soll draanjonn. Noh ä pah Sekündches halt ich höm dat Jerätche hen: „Ich jlööv, dat es för dich. Do frooch en Frau noh ene Kloochscheißer…"

A B C D E F G H I J K L M N O P Q R **S** T U V W X Y Z

SABBERE, JRUNZE ON STENKE

Beij Feldmanns hängk dä Huussäeje scheef. Em Oorebleck noch net ens tösche et Ihepaah Brunni on Chrestian. Nee, met dä Puute jitt et wier jet Knaatsch. Dat secksjöhrisch Steffi on dat zwei Johr jönger Mia wolle onbedengk ä paah Kätzjes han. Schmitze Seef en dä Nohberschaff well fresch jeworpene Kätzjes afjevve. „Ooooch, Papa, Mama, die send äsu zom Knuddele sööß. Mer kömmere os och jenz bestemmp dodröm", bäddele dä Schwestere wie os eene Monk.

„Ieschtens wonne mer en dä ieschte Etaasch on hant mar ene Balkong, op demm kenne Plei för Diere, kenn Katze, Hong, Dromedare oder ene Jeetestall es", wenk Papa Chrestian af. „Zweidens jöckele mer för dreij Wääche em Johr en Urlaub. Wer kömmert sich dann öm dat Vehzeusch?" Mama Brunhilde zällt wigger op: „On dreijdens han ich Allerjiehe schään dä miechte Dierhoore, Fäere on Schuppe." Watte Feldmanns net saare, se wolle einfach et Lääve net met Bestie verbrenge, die ronk öm dä Uher sabbere, scharre, jrunze, stenke, frääße, müffele on sich jejenseitisch aan dä Fott erömlecke. Joot, Papa es evver kenne Onminsch: „Joot, Kenger, mer sörje för ä achzehnjöhrisch ´Au pair´-Mädche us Frankreich för üch." Do schingk evver Brunni noch allerjischer drop zo reajiere. Et fällt ad beij demm Vürschlaach van Chrestian en ene schlemme Hooß.

Dä Pänz losse allerdengs net locker. Se komme jede Daach

met nöij Enfäll. Eemol send et kleen Kning van Tant Justa, ä anger Mol jefalle denne Hamster joot. Se kicke Beldches em decke Dierbooch vam Brehm on fenge hü Schnecke joot on morje Räänwürm on Mariekäfer. Dä Äldere luuere sich aan: Dat könnt doch en Lüesong senn! Die Dierches send kleen, fimpschisch, on nötzlich on vör allem – die fleeje wier fott. Papp frooch en dä Röng: „Ääh…, wo krieje mer dann sonn Marienkäfer her?" Sujet weeß Steffi ussem Effeff: „Die komme einfach, wemmer et schönn för se määt." Mia well do net zoröckstonn: „Mer hant doch Planze op´m Balkong. Mer bruche mar et richtije Ääße för die Mariekäfere." Mama spetz dä Uere. „Wie? Wat frääße die dann?" „Blattlüüs!", jitt Steffi onschöldisch kond. „Wat? Ihhh! Lüüs?!", verdriehent Brunni dä Oore noh oeve. Nohdemm Mama sich beröihisch hat, läese se en ´Brehms Tierleben´ on juurele em Enternet. Marjeritte send die Bloome, die dä Lüüs aantrecke solle wie ä Magnet.

Et weede zwei Bloomekäste met Marjeritte jekoof. Papp brengk se schönn am Balkongjitter aan. On wat soll mer saare?! Et flupp. En Nullkommanix krabbele dusende, winzije Lüüs net bloß op dä Marjeritte, nee, ooch op dä anger Planze trampele se sich jejenseitisch op dä Fööß. Dä Ensekte föhle sich wahl rischtisch wohl op´m Balkong. Mariekäfer losse sich doschään allerdengs övverhaup kenn blecke. – Feldmanns Chrestian hat jetz op dä Strooßesied ä Scheld am Balkongjitter jehange: „Verschenke Blumen – an Tierliebhaber!"

Bei Heinrich Oidtmann ins Glas geschaut

Herr Jedönsrat besucht die berühmte Linnicher Werkstatt für Glasmalerei. Auszug: JN/JZ

Foto: Guido Jansen

Herr Oidtmann, Sie sind in der fünften Generation Ihrer Familie in der Glaskunst tätig. Es ist wohl klar, dass Ihnen, Heinrich V., der Beruf schon in die Wiege gelegt wurde. Oder?

„Weder Lokomotivführer noch Feuerwehrmann standen auf meiner Wunschliste. In der Schule hatte sich bereits abgezeichnet, dass ich in die Fußstapfen meiner Vorfahren treten werde."

Wie verhalten Sie sich im Betrieb, wenn ein Glaser zu immensen Kosten wiederholt etliche Fensterscheiben erneuern muss, bevor Sie merken, dass der Mann einen Sprung in der Brille hat?

„Na ja, lieber einen Sprung in der Brille als einen Sprung in der Schüssel. Wir sind alle gefordert, diesem Mitarbeiter auf die Sprünge zu helfen, ihm den richtigen Weg zu zeigen – mit Kontaktlinsen. Nicht mit Glasaugen."

Bonanno Pisano, der Erbauer des Schiefen Turms von Pisa, sagte vielleicht vor Baubeginn: „Wird schon schiefgehen!" Mit welcher Einstellung gehen die Glaskünstler an ihr Werk ran?"

„In unserer Branche erfährt man das Glück, kreativ schaffen zu können. Der gestalterische Prozess ist für alle Motivation und Inspiration."

Wenn Sie einem Kunden eine kunstvolle Fensterscheibe über die Verkaufstheke schieben, fragen Sie dann hilfsbereit: „Soll ich Sie Ihnen einschlagen?"

„Hahaha, so könnten wir zwei Scheiben berechnen. Nee, aber jeder Künstler würde über sein zerstörtes Kunstwerk trauern."

Sie engagieren sich im Betrieb, in etlichen Vereinen, setzen sich für karitative Zwecke ein, sind viel auf Achse. - Welche Augenfarbe hat Ihre Frau? Wie alt sind Ihre Kinder?

„Meine Frau hat braune Augen. Meine Töchter sind 32, 29 ,26 und mein Sohn 23 Jahre alt."

Se hat jet aan dä Föss

Et es ad ä paah Daach her… Wemmer ä Enserat oder en Annongs en dä Ziedong opjevve wollt, jing mer en dä Anzeiheredaktzijuen en dä Baierstrooß en Jülich. Pfennings Ferdi es däräk vam Feld us met´m Trecker do vürjefahre. Hä hat sich ene Ruck jejovve, well endlich Nääl met Köpp maache, hä hat sich dozo dörschjeronge, met en Anzeesch en dä Samsdaachsziedong ä Fromminsch för et Laeve kennezoliehre. Dä 42-jöhrije Jongjesell hat et satt, sällever kauche, waische on büjele zo mösse. On hä stellt sich vür, et ovends met demm Fräuche net mar en dä Flemmerkess zo kicke.

„Tach zosamme! Ich well jet en dä Ziedong setze losse", fällt Ferdi met dä Düür en et Huus. Dä Käel hengerm Trese rööf stonnsfooß en Kollejin: „Roswitha! Kundschaft! Ich versteh kein Platt… Du sprichst das…" Ä kleen apaat Schwätzje frooch dä Kond met dä Jummisteffele aan dä Fööß zoiesch noh dä Personalie. Dann hüüet et, dä Häerr Pfennings wüüed jeer en Kontackanzeesch opjevve. Hä söök en anständije Frau, „us jutem Haus, met blau Oore on blond Hoore". Roswitha spetz dä Bleijsteff on schriev. „Sonns noch jet, Häerr Pfennings?", frooch et fröngklich. Dat Mannsbeld stroddelt: „Dat Frolleinche sollt ad en stattliche Metjeff metbrenge on Schohnsjröße 43 han."

Dä Schrievkraff kann sich et Laache net verbisse: „Ähh, wiesue usjereichnet Schohnsjröße 43?" „Och", wenk dä Hieroodtswellije af, „en Ärrevtant hat mich ene Körv Schohn hengerlosse. Die könnt ming Frau dann opdraare." Roswitha frooch noh wiggere Wönsch. „Klavierspelle sollt se könne", övverlegg Ferdi net lang. Dat Schwätzje van dä Ziedong trout sing Uere net, beöösch dä Käel van oeve bes onge: „Hää? Hatter övverhaup ä Klavier?" Dä Dörpsminsch schöddelt dä Kopp, meent, et wüüed sich evver joot maache, wenn sing Frau dat könnt. „Am Eng schrievt err", wies hä et Roswitha aan, „zwecks baldijer Hieroodt jesucht." Dä Redaktzijuensaanjestellte läes dä Tex laut vür: „Eine junge anständige Frau aus gutem Hause, mit blauen Augen, blondem Haar, ansehnliche Mitgift, Schuhgröße 43, die Klavier spielen kann, zwecks baldiger Heirat gesucht."

Se fängk jenausu laut aan zo rechene: „2 + 4 + 6 = 12, also 12 x 3 = 36 Mark." „Wat?", jeht Ferdi dä Hoot huch, „36 Mark? Wer weeß, op en Frau dat övverhaup wert es." Roswitha treck ä Schnüütche: „Tja, wemmer paah Wööet striche, widd et bellijer." Et määt däräk Vürschlääsch: „Eine..." – „Striche! Ich well jo kenn dreij Fraulü." – „Junge..." – „Striche! Ich well jo kenn Omma." – „Anständije..." – „Net striche!" – „Frau..." – „Striche! Ich well jo kenne Mann." – „Aus gutem Haus..." – „Striche!" – „Blaue Augen..." – „Striche!" – „Blondes Haar..." – „Striche! Kammer färeve." – „Ansehnliches Mitgift..." – „Ansehnlich striche! Se sollt schon jet aan dä Fööß han." – „Zwecks baldiger Hochzeit..." – „Striche! Ich well jo net noch 30 Johr waade." Roswitha läes vür, wat övvrisch blief: „Anständige Mitgift gesucht!"

Seng, wemm Jesang jejovve

Et jitt joode on schläete Zickde. Et jitt bessere on noch schläetere Zickde. Huusmanns Vera hoff, dä schlemmste Zick henger sich zo han. Dä Corona-Wääche hant dat jong Fräuche zemmlich zojesatz. Mänchmol wooß et net mieh, wo höm dä Kopp sting. Kauche, waische, putze, büjele, sich dä janze Daach öm Tim kömmere on ooch noch am Schrievdöijsch övver et Internet vör dä Betrieb wirke. Vera es en dä Buchhaltong van en Boufirma beschäftisch. Evver weil dä Kengerjaad weje dä Corona-Seuch zo hott, dä veejöhrije Tim evensue net noh Opa on Omma durf, hat Vera dä janze Brass doheem am Hals jehat.

Dä Mamm van Vera sörsch sich am Telefon: „Kenk, Papa on ich send jesonk. Do kann doch nix passeere. Breng dä Kleen wennischtens ens vör des Naat vörbeij. Du bruchs jo ooch dinge Schloof." „Villeich wüüer et besser jewess", schnief Vera on verdröck ä Tröönche, „wenn ich Alex net letz Johr vör dä Düür jesatz hött." „Nu denk dodrövver jar net iesch noh!", widd ´Omma Erna´ – wie Tim säät – krebänstisch, „dä Fullisch hött dich noch mieh Werk jemaat. Seij fruhe, datte dä Ströofer ussem Huus has. Loss dä fiese Möpp mar leever do, wo dä Pääfer wieß… Kee Hämp am Aasch, evver La Paloma flöte… Dat send mich dä Richtije!"

Mamm lett dä Dohter ad jar net iesch mieh zo Wooet komme. Opa wüüed sich ooch freue, endlich met dä Kleen wier erömzotobe, verzällt se. „On wenn de dä Jong brengs, kannste mich röijisch dinge janze Büjelwaisch metbrenge. Dann haste die Arbeet ad ens us dä Fööß. Jetz könne dä Puute Jott seij Dank wier em Kengerjaad jonn… On wat es? Nu maache se dä Düür zo weje Ferije. Dat es jo, als of mer en Rees zom Südpol jewennt, allerdengs ohne Röckfahrsching." Vera bedank sich för Mamas Höllep, freut sich: „Ich moss nohher zom Amp. Do nämm ich Tim met. Ich weeß noch net, wie flöck die en dä Verwaltong us dä Fööß komme. Evver ich denk, dat ich öm 4 Uher beij üch senn kann. Villeich ä paah Minütte spööder. Ich pack ä Mängsche Büjelwaisch en dä Auto. On Tim kann noch ens beij üch schloofe."

En dä Ampsstuev fängk dat Dötzje aan, erömzohampele on zo quengele. „Tim, du Wibbelstätz, bliev doch ens röijisch stonn!", schubb Vera… „Mer fahre jo jetz noh Omma on Opa." Dä Knirps kick aan Mama huch: „Ich moss ens pisse." Dä Käel on dat Wiev aan dä Schrievdöijsche kicke sich aan. Vera widd ruet bes övver dä Uere: „Tim, wo haste dä Usdrock ad wier her? Do säät mer: ´Ich muss mal Pipi´. Du kanns ooch saare: ´Ich muss mal singen´. Dann weeß ich ooch, datte op dä Klo moss."

Et es spoot am Ovend. Opa Köbes on Tim hant lang erömjetollt. Nu brengk hä dä Jong en dä Püss. Hä moss ´m noch en Jeschichte vürläese, bäddelt dä Dreijkießhuch. „Jetz weede evver dä Oore zojemaat!", bestemmp Opa. „Ich muss aber mal singen!", setz dä Kleen sich opräet em Bett. „Na joot, Timmie", jitt Köbes noh, „dann seng mich mar ens jet em Uer!"

Schläete Jrosches onger sich

„Oos noch… hee treck et evver en dä Jang", schöddelt Mainze Tünn sich. „Dat es jo ooch Dörschzoch, wenn schäänövver vam Enjang et Fenster sperrangelwigg opsteht", lamenteet dorophen Pötze Nobbäät. Die zwei Spetzboove send polizeijbekank. Allerdengs kenne die beede sich net. Se komme evver en et Mulle, wie se do op Bank vör dä Jerichtssaal sezte. „Ich jlööv, ich ben dä Näkste, dä do eren moss", zeesch Mainze Tünn op dä Düür. „Nee, nee", wenk dä Setznohber af, „minge Anwalt, dä Breijwellem, säät, ich wüüer jetz draan." „Ejal", meent Tünn, „ Leever hee hocke on jet rong Fraulü kicke wie en dä Zell setze on schnacke Wäng aanstiere! Jetz hammer 1957. Bes ich ussem Knass komm, hammer secher 1960."

„Wat haste dann jelapp, datte em Kittsche moss?", frooch Pötze Nobbäät nöijierisch. Henger vürjehaldene Hank nuschelt dä anger Äezjauner: „Falschjeld." Nobbäät spetz dä Uere: „Wie du kanns Jeldsching drucke?" „Psst, höösch!", legg Tünn ene Zeejefenger op dä Leppe, „ich han dä Zaster bloß verdeelt… Beij dä Bulle han ich emmer wier drop bestange, dat ich nix van Falschjeld weeß on nix dovan verstonn. Die Marksching moss mer mich aanjedriehnt han. Ich ben völlisch onschöldisch… Ens kicke, wat dä Richter dozo säät." „Wiesue hant se dich dann övverhaup jeschnapp?", well Nobbäät wesse. Dä Falschmönzer verzällt, hä hött zoiesch met sing verkiehde 10-Marksching, spöder met sing 20-Marksching enjekoof. Et hött alles joot jeflupp. Bes hä sing Frau en Haffel Jeldsching för ene nöije Mangtel en dä Fengere jedout hött. „Die sting dann fuppdisch met zwei Polisse en dä Düür, weil em Jeschäff die 30-Marksching opjefalle send. – On wat has du op´m Kärrevholz?"

Pötze Nobbäät höllt deep Luff: „Beampte-Bestechong!" „Wie dat?" „Ich woor en ä Huus enjebrauche", tuschelt dä Souniggel, „dobeij hat mich dä Huushäerr jeschnapp. Ene Zoll- oder Jrenzbeampte. Dä hat mich met dä Pistuel em Anschlaach jezwonge, minge Nam met Adress opzoschrieve, öm dann dä Polisse zo roofe. Ich hott höm minge janze Verdeens aanjeboone, domet hä net dä Bulle höllt. Dä Drecksack hat van mich ronk 500 Mark enjesteische, bevür hä mich ohne Polente loofe looß." „On wiesue stehste trotzdemm vör dä Kadi?" Nobbäät schläät met dä Fuuß op dä Bank: „Dä Halongk hat mich aanjezeesch." Ich hött höm met Jeld bestauche. Doför sollt hä ä Ooch zomaache, wenn ich aan dä holländische Jrenz jet Botter, Kaffe, Zerette on angere Kroom schmuggele wollt. „Hä joov zo Protekoll, datte zom Sching op minge Vürschlaach enjejange wüüer, hött evver däräk jemerk, dat do jet net stemmp…"

Mainze Tünn setz op heeße Kohele: „Jo, wat woor demm schläete Jrosche dann äsu opjefalle?" – Koom hat mer sich versenn,… do pack Nobbäät – puffpaff – demm Mäinz am Schlafittche: „Beij die 500 Mark woore sebbe 30-Marksching dronger, du Fottklöije!"

A B C D E F G H I J K L M N O P Q R S *T* U V W X Y Z

TRECKE, DOIJE, SCHRUVVE ON KLOPPE

„Waach dich jo net afzohaue, Männche! Du määs zoiesch ding Hausaufjabe. Donoh kannste met ding Fröngde spelle jonn!", schaatert Schiffisch Drügg. Et moot demm Fränzje ad siehr laut en dä Uere brölle, weil dä Kleen wier däräk dä Schallplatteapperat em nöije ´Nordmende-Musickschrank´ van 1956 aanjestallt hott. Fränzje song met Freddy Quinn öm dä Wett: „So schön..., schön war die Zeit..." Jetz ongerbrich dä ellefjöhrije Rotzlöffel singe Jesang: „Mamma, ich han net völl op för dä Schöll. Dat bessje reichene kann ich doch nohher noch maache." Drügg määt kotte Fuffzehn: „Dat kütt övverhaup net en Frooch! Du weeß, wenn Papa van dä Schisch nohheem kütt on du has ding Aufjabe noch net jemaat, wat dä dann för ä Tamtam em Huus veranstalt." Fränzje löffelt losslues jet Brockezüppche, schieb dä Teller van sich: „Mamma, ich han kenne Honger mieh... Ich maach jetz jau dä Hausaufjabe." Hä sooß op heeße Kohele; met Dieter on Büb, dä Hans-Willi, on demm singe Opa send se seit ä paah Daach aan ä ahl Fahrrad am frickele. Se wolle die Schees onbedenk wier op Jank krieje.

Opa Battel setz em Hoff op en Bank on wäät op dä Jonge. „Jank mar ad ens em Schopp en Kombizang, en Kniepzang on ene kleene Schruvvetrecker holle!", wies hä singe Enkel, dä Büb, aan. Stonnsfooß lööf hä em Jalopp loss, dat Werkzeusch besörje. En dä Zweschezick send ooch et Fränzje on dä Dieter enjetrudelt. Em Nu send alle dreij aan demm Drohtäesel am Fummele, Trecke oder Döije, Schruvve oder Kloppe. Et duuet net lang, do kammer die Dreij koom noch ongerscheede. Van oeve bes onge send se met schwatz Öel verschmiert. Opa Battel meent: „Wemmer jetz noch för dä Hankbrems ene Bremszoch jefrickelt krieje, könnt err hü noch ene ieschte Usfloch reskeere. Sulang et hell es, brucht err kenn Lampe. Do kömmere mer os dann ä anger Mol dröm."

Em Schopp fenge se tatsächlich ä Stöck Droht, demmer för dä Bremszoch bruche kann. Opa on dat Trio hangteere en länger Zick met dä Hoddelsbrems eröm, bes se endlich klapp. „Sue, jetz kann et lossjonn", klatsch Opa en dä Häng, „wer well zoiesch dä Strooß erop- on eravjöcke?" Dä Enkel Büb hat et Lenkrad en dä Häng, schwengk sich op´m Saddel on kurv – noch ä bessje waggelisch – et Kirechjääßje erop. Zoröck trett hä ad siehr secher en dä Pedale. Dä decke Dieter stellt sich wennisch jescheck aan. Et Fränzje es wie emmer et ´Pittche vöröp´. Op´m Röckwäesch trout hä sich sujar, ä paah Meter onfallfreij freijhändisch zo fahre.

Opa määt Fierovend. Koom es hä fott, jusche die Rotzlöffele loss. Alle dreij op ee Fahrrad! Büb op dä Lenkstang, Dieter op´m Jepäckdrääjer on Fränzje op´m Saddel. Opjedriehent on övvermöötisch jöcke se dörsch dä Ströößjes. Oos! Op´m Maatplei steht ene Schutzmann! Dä Dörpspoliss Kruse es met dä Ärme am Fuchtele, secher öm die Bettsecker aanzohalde. Fränzje rööf: „Deht mich leed. För ene veede Mann hammer kenne Plei mieh!"

A B C D E F G H I J K L M N O P Q R S T **U** V W X Y Z

Uere spetze beijm Nöijjohrskonzeet

Wie mer övver Naat risch weede kann, weeß dä leeve Hemmel. Beij Maubachs Will on Jerda schink evver jenau dat dä Fall jewess zo senn. Van hü op morje hant se dä Arbeed jeköndisch; dozo hant se noch aanjefange ä Huus zo boue. On sonn sällevsjestreckte Nöijrische wolle nu ooch en Beldong on Kultur metmulle könne. Doför fohre se met dä narelnöije „Borschward Isabella" noh Kölle zom Nöijjohrskonzeet.

Koom hodde se dä ieschte Nuete vam „Kuss-Walzer" em Uer, stüsset Jerda dä Will en dä Rebbe: „Bruchste kee Täischedooch?" Hä brööt nix, wenket hä af. Dä Kapell spellet en Polka vam Josef Strauss. „Wellste ä Päffermönzklömpche?", sörjet et Fräuche sich öm dä Mann. „Pscht! – Mer send hee em Konzeetsaal. Et wüüer joot, wenn de hee dä Schnüss häls…", quetschet Will dörsch dä Zäng. „Leichte Kavallerie" hoosch dä Opjalopp zo en Operette vam Franz von Suppé, wodrop die zwei jetz dä Uere spetzete. Meddse em Enstrementejalopp joov Jerda demm Will dä Entrettskaate. Se wüüre beij höm besser opjehovve. „Halt dä Mull! Dä Lü kicke ad luter erövver!", reejet Will sich op. Beij ene Walzer ussem „Nussknacker" hovv Jerda et Näsje en dä Luet, schnopperet wie ene Möpp: „Hee rüsch et evver streng; hee stenk et." – „Ich rüsch nix!" – „Haste fresche Klamotte aanjetrocke?" – „Secher", Will laat dä Zeejefenger op dä Leppe, „pssst!" – „Ooch reen Söck?" – „Jo! Psst!" – „Haste dich jewäische?" – „Sujar jebadt! Du blamees os vör alle Lü! Die driehene sich ad all eröm zo os!"

Dä Kapellmeester köndijet en „Quadrillje" aan; Jerda joov kond, dä Jestank kööm van Will erövver. „Dat widd wahl die eeje Parfüm senn, watte do rüschs", tuschelet hä. Dat Parfüm wüüed mer janz angisch en dä Nas wohrnämme, hohl Jerda doschään. „Booah! Mich widd et fleu vür Oore. Hee stenk et wie doheem. Van demm Jeruch han ich ad seit mer verhierodt send dä Nas voll!" Will rötschet op´m Setz eröm: „Hemmel, Aasch on Zwirn! Wellste hee vür dä janze Minsche ene Kwäss aanfange?! – Luer leever ens em Projrammheff, wat se jetz spelle!" „An der schönen blauen Donau van Johann Strauss", läeset Jerda vür. Dat wüüer jo wahl en joode Jeläejeheet, endlich ens dä Babbel zo halde, meenet onfröngklich dä Häerr henger dä Frau Maubach. Jerda verschlooch et dä Sprooch… bes zom letzte Stöck…

…Et Trömmelche jeht; dä „Radetzky-Marsch" wuued enjespellt. Jerda hohl net mieh aan sich: „Will haste wirklich fresche Söck aanjetrocke?" – „Hee", Will hovv dä lenke Fooß huch, „nöij, fresche Strömp! On, hee,… kick…! Domet et jlöövs: Die ahl Söck han ich sujar noch en dä Sackotäisch!" –„Jlöcksellisch Nöijohr!", wönschet dat Orschester.

ÜESTERLICH OPJEDÖIJSCH

Uestereier sööke es beij Sevenischs net mieh. Seit Oppa on Omma duet send on dä Kenger us demm Brimborium erusjewaaße send, fällt dat Jedöns met dä bongte Eier em Jaad flach. Et Ihepaah Ruth on Klaus Sevenisch hott för Uestersonndaach 2018 Verwandte enjelade. Engele Armin on Elke – en Schwester van Ruth – koame met´m 14-jöhrije Spross, dä Markus. Dä zwei Famellije wäeßele sich jedes Johr met dä Enladonge af. 2017 hott Elke üesterlich opjedöijsch.

Klaus deht sich mieschtens schwoor met singe Schwoorer: „Nee, wat es dä Armin för ene Strongsbüll!" Vam letzte Uesterfess stonnt höm hü noch dä Hoore zo Bersch. Koom sooße se damols beij Engele en dä Wonnstuev, do moote se ad dä nöijeste Aanschaffong bewongere: „Alexa". „En dijitale Höllep van Amazon", explezeeret Armin. Zoiesch hotte jezeesch, wozo Alexa alles emstand es: „Alexa! Wie es et Wäer en Kuala Lumpur?" En fröngkliche Stemm deelet met: „In Kuala Lumpur beträgt die Temperatur 25 Grad…" Klaus frooret, of dat Deng ooch Bescheed weeß övver et Wäer hee. Secher: „20 Grad…" Markus, dä Ruppnälles van dä Famellisch Engels, jriefet en, wollt wesse, woröm dä Fröngdin Pia nie övver dä Knee opwääts kalle well. Alexa joov kond: „Weil sie unter der Gürtellinie liegen!"

Dä Wenkbüll Armin övvernohm wier dat Kommando: „Alexa, seng ens ´Jriechischer Wein´ van Udo Jürjens!" Ussem kleene Lautsprecher schallet: „…Es war schon dunkel, als ich durch Vorstadtstraßen ging…" Ruth vertrock sich met Elke en dä Köijsch. Klaus verdriehenet dä Oore weje dä Strongsereij van demm Schummschläejer. Jrueßmöötisch meenet Armin zo Klaus: „Du kanns Alexa ooch jeer jet opdraare. „Start ding Sällevszerstörong!", bestemmet Klaus met ä breet Jriemele em Jesieht. Alexa zället: „10; 9; 8; 7… 1. – Es ist ein Fehler aufgetreten." – Noh Stonde met Alexa on Armin woore Sevenischs fruhe nohheem fahre zo könne. „Demm Schmierlapp weed ich et näks Johr Uestere zeeje", hott Klaus sing Frau ad em Auto jeschwoore.

Dä Famellije Engels hott sich jrad breet jemaat em Wonnzemmer van Sevenischs, do fängk Klaus stonnsfooß met sing Retuurkutsch aan. Hä hat ene Roboter met ene enjeboute Lüjendetektor jekoof. Wer lüsch, kritt en Uerfiesch verpass. „Ja, Armin, dann saach demm Robbi ens jet", kann Klaus et jar net afwaade. „Ähh, Markus, wie woor dä letzte Schölldaach?", well Armin vam Sonn wesse. – „Wie emmer", nuschelt dä jonge Nällbäck. Paaf! Dä Roboter schläät demm Ruppnälles en Saftije langs dä Backe. „Joot, ich han jeschwänz", flennt hä, „ich han ene Film jekecke." Armin: „Wat för ´ne Film?" – „James Bond." Paaf! – kritt hä wier en jeflaastert. – „Na, joot, ich han ene Porno jesenn."

Dä Papp lööf rued aan: „Wat? En dingem Alder wooß ich noch net ens, wat dat es." Paaf! Dä Roboter verpass Armin en ördentliche Uerfiesch. Sing Frau Ruth laach: „Haha… dat es evens dinge Sonn!" Paaf! – Modder kritt en jeschnaaf.

Ussem Lamäng präedije

Et es knapp ee Johr her, do hat Helmut Rahn en Bern dä dütsche Natzijuenalmannschaff zom Fußballweltmeister jeschooße. Zwöllef Mont spööder plant en Oche dä Bischoff Johannes Pohlschneider met singem Vicarius, dä Jeneralstatthalter, on dä Dompropst, ä kleen Tüürche dörsch et Bistum zo maache. Hä hat nämlich van ene Dechant ä Schrieves vürlegge, dat en en Kirchejemeende ene Pastuer Höllep bruch. Hä wüüer net jesonk us dä sibirische Jefangeschaff jekomme on wüüer zemmlich afständisch. En Ongerstützong van ene Kaploon wüüer ene Säeje för dä Jeesliche Theodor Schnabel.

Sue kütt et, dat dä jonge Kaploon Erwin Diethelm dörsch dä Bischoff dä räete Hank van Pastuer Schnabel widd. Beede verstonnt sich van Aanfang aan joot. Erwin liehrt besongisch jeer, wie Pastuer et schaff, met alle Minsche äsu jlich fröngklich ömzojonn, dat se höm et Hätz en dä Hangk legge. Deijedor meent zom Kaplöönche: „Dat liehrste secherlich jau. Wo de noch jet draan fiele moss, send ding Präedischte. Et es alles richtisch, watte do van dich jiss. Evver du moss dä Lü metrieße. Villeich sollste ens übe, stonnsfooß ussem Lamäng zo präedije. Wenn de wells, fängste morje domet aan. Worövver du de Kirchjänger dann jet verzälle solls, saach ich dich iesch aan dä Kanzel." Am näkste Daach kritt Kaploon Diethelm ene Zeddel för dä Präedisch: „Was sich das Jesuskind in der Krippe dachte." Weil noch lang net Weihnachte es, schingk et Erwin dubbel schwoor zo falle, dodrövver jet zo schwaade. „Ähh…, wat maach dat Jesuskenk en dä Krepp jedaat han?", fängk hä op Platt aan. Dat es för et Vollek ad ens dä richtije Wäech, merk hä.

„Nohdemm et zoiesch Maria on Jupp erbleck hott, sooh et sich wigger öm. Sing Oore fohle op ene Oeß on ene Äesel on et daat sich: ´Äsu sitt alsue dä Jesellschaff us!´." Nu nötz et Kaplöönche dä Jeläejeheet zwanzisch Minütte övver dä söndije Jesellschaff hüzodaach zo zackerementiere. – Dä Meeß es jeläese, Pastuer Schnabel jrateleet Erwin zo sing doll Red: „Ming Huushälterin hat Appeltaat met Rivvele jebacke. Komm doch desse Nohmeddaach zom Kaffe. Donoh könne mer em Jaad – jeder för sich – et Brevijee bäene." Dat lett dä Häerr Diethelm sich net zweimol saare. Wann kritt hä ad ens Kooch?! – Schnabels Deijedor setz sich noh ´m Kaffe met ´m Jebättbooch op dä Veranda; dä Kaploon vertreck sich em Jaad onger ene Ruesestruch. Irjendwann flaneet Pastuer Schnabel – dobeij am Bäene – dörsch sing Jröönanlaach. Hä övverrasch et Kaplöönche, wie der beijm Brevijeebäene en Zerett am Piefe es: „Leeve Jott! Dat jeht evver net!" Se käbbele sich jet on eenije sich dodrop, jewessehaff nohzoforsche, of mer beijm Bäene Zerette flämme daaf.

Ene Daach donoh trääfe se sich morjens en dä Sakristeij. Pastuer Schnabel weeß: „Dat Bäene es en hellije Handlong on beijm Bäene soll mer op et Piefe verzichte!" Kaploon hat ooch ä paah Bööcher jewälz: „Evver beijm Piefe daaf mer dörschus bäene!"

A B C D E F G H I J K L M N O P Q R S T U **V** W X Y Z

VAN JÜLICH ÖVVER PARIS NOH HAWEI

Wemmer 40 Johr verhierodt es, schlief sich su mänches af. Mer läev döcks wennijer mentenander wie bloß neeverenander. Dä jrueße Wonsch, eemol noh Paris zo reese, hant Zellekens Marjreet on Helmut evver emmer jemeensam jehat. Jetz hat et endlich jeflupp. Dreij Daach met Fröhstöck, met´m Bus af Jülich, Walramplei, noh dä franzüesische Metropol. „Op dusend Meter – dusend Söng", woor sich Helmut en Vürfreud dä Häng am Rieve.

Zoiesch hodde die zwei sich em Hotel jet ömjekecke. Dä Zemmer wüüere zemmlich eng jewess, evver zom Jlöck bes op ä paah Stöbbmüüs ongerm Bett reen, meenet Marjreet. „Dä Bedder, dä Matratze, woore völl zo weech för ming Bandschiev", hott Helmut zo krentekacke. Et Fröhstöck hat denne beede joot jeschmaat. „Mar dä Kaffe beij dä Franzuese, demm kannste net drenke", woore se sich eenisch. Dä wüüer äsu schwatz, dat mer ene Emmer Melech för ee kleen Tässje brööt. Allerdengs iesch op dä Ronkfaaht dörsch Paris fonge dä richtije Moläste aan.

Dä Busfahrer, dä Jürjen, hott dat Reesejrüppche van övverall jet zo verzälle jehat. Van Notre Damm, vam Eefeltorm, vam Luuvre on – olala – van Pijalle. Bloß Marjreetche hott et ad johrelang schlemm op dä Uere. Et huuet onjefiehr äsu joot wie ene Mootdüevel kicke kann. Net mar Helmut moot dobeij dä Nerve behalde, ooch die 85 Metreesende verschlooch et dä Sprooch, verjing dä Loss. Op alles, wat jesaat wuued, frooret Marjreet laut: „Wat haste jesaat?" Wie ene Moler beij Zackere Köer, oder wie dat do heesch, "Madam" Zellekens mole wollt, es Marjreet sujar met´m Paraplü op dä ärme Käel lossjejange. Et moss irjendjet messverstange han.

Zom Jlöck es dat Paah wier heel noh Jülich zoröckjekomme. Et Taxi waadet ad op die zwei. „Wohin?", frooret dä Fahrer, ene ältere Häerr. „Noh Hawei. Do wönnt os Dohter, die hott os die Rees jeschenk", jrinset Helmut. Dä Schofför wooß däräk Bescheed: „Ahh, noh Hawei, alsu noh Hasselswiller!" Dorop Marjreet: „Wat hatte jesaat?" – Helmut: „Dä Mann kallt Platt." – Marjreet reejet sich op: „Wie – mer hant platt?" Met Nerve wie Drohtseel explezeet Helmut sing Frau, dat dä Taxifahrer Platt mulle wüüed on dat se kenne Platte hödde. „Hä wollt bloß wesse, wohen mer wolle." Koom send se us Jülich eruskutscheet, luueret dä Schofför em Röckspeejel: „Wo kommt err da jetz her?" „Us Paris", joov dä Faahjass Zellekens zor Antwoot. „Ha", schlooch dä Taxifahrer met en Hank op´m Lenker, „en Paris…Wiever, olala… Trotzdemm han ich do minge schläätste Sex en mieh janz Läeve jehat!" „Wat hatte jesaat", worp Marjreet demm Helmut ene froorende Bleck zo. Dodrop bröllet hä met Donnerschall zo sing Frau hen: „Hä säät, hä wüüed dich kenne!"

Van dä Ruubröck en et Roothuus

Van 1736 bes em Johr 1776 drievete em Jebeet tösche dä Moos on dä Ruu dä „Bockrijjer" hör Onwäese. Dä Limburjer Jerichte jenausu wie dä Öcher Oevrischkeet verurdeelete „De Bockrijders" oder „Die Bockreiter" zom Duet dörsch Henkershank. Mar ä paah Doorenixe van die Räuberband send net övver dä Jalje en dä Höll jefahre. Se woore vam Amp Sittard noh Jülich em Kittsche verbraat wuuede. Wenn se net henger Jitter jestoreve send, durfte do dä Knassbröder wier freij on onversäeht noh Heem trecke. Secher woore dä Bockrijjer all zo schläete Filus wuuede, send vam rääte Wäech afjekomme, weil se bäddelsärm nix zom Köije för dä Famellije hodde.

En wigger Plooch för Jülich sting öm 1770 vör dä Stadtpoeze. En schlemm Veehseuch för Köh on Öeß trock van Schinveld on Heerle nohm Ruudreesch erövver. Jetz schlooch et ooch en Jülich zwöllef. Dä Lü wuuede onröijisch. „Do moss mer doch jet schään donn!", huuet mer se en dä Stroße on Jaaße schubbe. Se wollte op kenne Fall mieh met aansenn, dat die „Fullischs" em Roothuus nix ongernämme – nix schään dä Bockrijjer, nix schään dä Seuch.

Dä Veehkriemer Nikolaus Schilling – net mar weje singe decke, ruede Dääz „Füükopp" jeroofe – hott ene Hoof opjebraate Mannskäels henger sich jebraat, öm beijm Juvenöör Prinz Johann van Pfalz-Zweibrücken vürstellisch zo weede: „Mer mösse onbedenk os Ruubröck bewache… Alles, wat us Richtong

Holland kütt, moss druuße blieve!" Dä Prinz konnt dä Uere net verschleeße; met´m Stadtroot looß hä ä Schelderhüssje vör dä Bröck boue on stallt ene Wachposte en. Dä Oevrischkeet suwie Schillings Nikolaus woore sich eenisch, dä Bröckewächter moss wahl jelüehnt weede. Zodemm wuued doför em Roothuus ene Finanzverwalter enjestallt.

Dat janze Spell nohm nu singe ampliche Loof. En dä näkste Rootssitzong wuued klor jesaat, dat et jesetzlich wüüer, dat zwei Mann Persuenal övverwach weede mösse. Donoh hant se ene Persuenalverwalter en Deens jenomme. Dä Öeveschde wooße us lang Erfahrong: „Äsu en Moßnahm bruch en Leitong. En Opsich moss her!" Wer söök, dä fänk. För dat Ongernämme „Bröckewach" hodde se sich dann noh ene Vürstand ömjekecke. Et wuued alsu ene nöije Enspektor enstalleet.

Schillings Nikolaus singe Päätekopp nohm en jefiehlich donkelrued Fäev aan. Hä huuet koom noch op singe Dassel zo schöddele. „Wie die Tuppesse em Roothuus dat rejele, do kütt kee normal Minsch drop!" Dat wüüer äsu, wie die dat maache, jo völl zo düer vör dä Alljemeenheet, för os Börjer, joov hä sich am Krentekacke. Die „Tuppesse" fonge dä richtije Lüesong: „Vee Mann för een Bröck – dat es wirklich zo völl. – Dä Wachposte em Schelderhüssje kritt dä Floppe, dä Papiere, dä widd jeköndisch!"

WAS KUNST IST...,

will der Herr Jedönsrat von **Kirsten Müller-Lehnen**, der Vorsitzenden des Jülicher Kunstvereins, wissen. Auszug: JN/JZ

Foto: Burkhard Giesen

Picasso sagte mal: „Wenn ich wüsste, was Kunst ist, würde ich es für mich behalten. Erklären Sie mir bitte, was Bildende Kunst bedeutet?

„Bildende Kunst ist die Umsetzung Gestalt gewordener Gedanken. Sie produziert Material gebundene Bilderwelten."

Zählen denn sämtliche Kunstwerke, die dem künstlerischen Laien wirr, schräg, abenteuerlich vorkommen, zur modernen bzw. zeitgenössischen Kunst?

„Im Laufe der Jahrhunderte ist die gegenständliche Abbildung durch freies Schaffen abgelöst worden."

Piero Manzoni hat in den 60er Jahren seine Notdurft in eine Konservenbüchse verrichtet, sie versiegelt und draufgeschrieben: „Merda d´artista", „Scheiße des Künstlers". Dieses Werk kostet heute 100.000 Euro. Ist zeitgenössische Kunst einfach nur eine riesige Verarsche?

„Die Befreiung von Maßregeln, Bevormundung und Eingruppierung wird in der Kunst provokativ vorgetragen. Kunst liefert die beste Strategie, auf Herausforderungen der Welt zu reagieren."

Geld stinkt nicht. Wer die Kot-Konserve ausstellt, beweist den richtigen Riecher für eine nicht stinknormale Mega-Publicity. Würden Sie die „kunst"-volle Dose im Hexenturm ausstellen?

„Einen Künstlernamen mittels Verdauungsorganen zu positionieren, ist mit Sicherheit nicht das Anliegen unseres Kunstvereins."

Ein Haar in der Suppe finden freilich meist die Kunstkritiker, die sogar Leben auf dem Mond vermuten, weil dort jeden Abend Licht brennt. Vor einem Zebra-Gemälde fragen sie sich, ob das Tier nun schwarze oder weiße Streifen hat. Wie ist Ihre Erfahrung mit den Kritikern?

„Einschätzungen erfahren wir durch die Presse und die Ausstellungsbesucher. ‚Das Haar in der Suppe' kann allerdings der Anstoß sein, daraus etwas Neues zu kreieren."

Van 0 op 100 en 15 Minütte

Van 0 op 100 en 15 Minütte. Jeder em Dörp weeß, wie dröömelisch Römischs Stefan met ´m Auto dörsch dä Jäejend jöckelt. Wer et morjens zicklich noh ´m Werk moss, es bestroof, wenn hä henger dä Auspuff van demm sing Kess kläeve moss. Mer weeß net, of hä Bammel em Verkiehr hat oder of hä noch net dä dreijde on veede Jang jefonge hat. Dä Steff krüvv äsu höösch övver dä Strooße, dä widd wahl nie jebletz weede, nee, demm könne se moole.

Ich trääf höm zofällisch en dä Döner-Bud. „Jetz moss de dich evver zaue, zo ding Frau zo komme. Net dat et Ääße op die fönnef Kilometer bes dohheem deepjefroore es…", frotzel ich höm. „Maach mar dä Jeck domet", bleck hä bedrööv us dä Wäsch. Hä hött evens em Läeve kenn joode Erfahronge met´m Autofahre jemaat. „On ich freu mich, wenn dä ´Brain Train´ kütt." „Äähh", stroddel ich, „´Breijn Treijn´? Wat es dat dann för ene Kokolores?" Steff hevv dä Zeejefenger wie ene Liehrer: „Et soll en Zochstreck van Oche övver Sieschdörp, Eere, Bärme, Kirechbersch bes Jülich zom ´Brainergy-Park´ jebout weede. Do kann ich et Auto en dä Jaraasch losse on rees met ´m Zoch zo dä Arbeet." Ich ben wier en dä Bonne: „Äähh…, on wat es nu ene ´Breijnerschie-Park´?" „Op dä Mäescher Höh, wo fröher dä Sendemaste van dä Deutsche Welle stinge, schaffe se ä Stöck Lank för wessenschaffliche Boute. Ich meen, dat könnste wahl wesse!", zeesch hä mich op.

Dä Döner lett noch jet op sich waade, su dat ich höm noch zo sing schläete Erfahronge em Verkiehr froore kann. „Steff, jetz moss de mich wahl ens verzälle, watte dann äsu schlemm erläev has, datte nie flöcker wie 70 dörsch et Jelände schöckels." Römisch Steff treck ömständlich et Potmonee us dä Boxetaisch. „Weeßte", fängk die Schloofmötz aan, „damols – ich hott koom dä Führersching – woor ich met saare on schreibe övver 100 op dä Autobahn ongerwääs. Ich brauset op dä rääete Sied. Do juschet ä Fromminsch met ene jrueße BMW wie en jesängte Sou, voll Stoff, lenks aan mich vörbeij. Dat Wiev met dä Bleijfooß blecket jar net op dä Strooß. Et hott et Jesieht janz noh am Röckspeejel on woor sich dä Leppe, donoh dä Oore am schmenke. Mar eene Moment, hott ich dohen jesenn. Do woor et ooch et bald passeet… Die Schlonz woor ad hallev op ming Fahrbahn on noch emmer met ´m Schmenke a Jank…" Steff moss dä Döner bezahle.

Hä verzällt evver sieh Onjemaach wigger: „Ich hott mich äsu verschräck, dat mich dä Elektrorasierapparat us dä Hank flooch, dä mich dobeij ming Botteramm us dä anger Hank schlooch. Wie ich versööket dä Waan met dä Knee zo lenke, öm net met dä BMW zosammezostüsse, fohl mich et Händy vam Uer… Däräk en dä heeße Kaffe tösche ming Been. Dat Jesöff schwappet erus on hat mich ming beste Deel am Liev verbrangk. Et Händy woor do ooch em Emmer. Ming Ongerhaldong met ´m Chef woor ongerbrauche. Met Jehaltserhöhong woor nix. Ich konnt jrad dä Zerett em Monk noch fasshalde!"

Verdriehent, verknöpp, verkammesöhlt

Wemmer net weeß, wat mer schenke soll, jitt mer hüzodaach jeer ene Juutsching. Met Juutsching es dat evver emmer äsu en Saach. Of dat emmer et Richtije es? Op jede Fall hott ich Weihnachte sonne Bong van ming Schwester on dä Schworer ongerm Tanneboom legge: En Stond lang en Vollmassaasch noh thailändischer Traditzijuen. Dä Juutschreff han ich jetz iesch enjelües, mich zwiebelet seit Wäeche wier janz fies dä Bandschiev. „Villeich hellep jo sonn frembländisch Behandlong ens", jriev ich jeer noh dä Strüetzhalm.

Ich jonn also jooden Moots – ä Leedche op dä Leppe – en dä asiatische Massaasche-Putick, wo mich däräk en Duffwollek us Jasmin on Kampfer ennievelt. Ene frembde Türülü klengk mich us ene Lautsprecher en dä Uere. Uußer ä paah Käezelieter kann ich mar en Matratz op´m Jebönn legge senn. Dat lecker Fräuche, wat ich nu erwaat, es wahl ieher en dä öveschte Jewietsklass van ene Sumo-Ringerverein. Doch bevür et richtisch lossjeht, krisch ich dä Fööß met Wasser, Schwamm on jäel Seef jewäische. Woröm? Kenn Ahnong. Evver ich schwör ene Eed dodrop, dat et nix met mich persüenlich zo donn han kann. Dann jeht et op dä Matratz.

Zoiesch weed ich van demm Sumo-Wiev am janze Liev jedröck on jekwätsch, noh on noh allerdengs ieher jekniep, jeknupps on jepiesack. Mar joot, dat ich met´m Jesieht noh onge legg, sons wüüed mer aan ming Fratze noch senn, wie schlemm dat wiehe deht, wat dat Fromminsch met mich do määt. Emmer dann, wenn dä Massöös met Häng, Knee on Fööß mich wie en ene Schruvvstock am päesche es, komme onjewollt onminschliche Tüen us minge Monk: „Auuuwieheoowiehe…" „Tute weh, äh?", schink sich die Schlonz zo freue, laach övver alle vee rong Backe.

Ich weed jefalde, jekrömmp, jeböösch, hen- on herjeboore, verdriehent, verrenk, verknöpp, verschlonge, verkammesöhlt. Ich weed längs jetrocke, breet jeklopp, dörschjewalk, met kauchend heeße Foddele trakteet on met ä Öel us Kruck jesallev, wat mich dä Troone en dä Oore driev. Ming Knooze on Scharniere kraache, knacke oder kwietsche, ming Massöös jrins. Vör luter Ping am janze Liev, van Kopp bes Fooß, merk ich ming Bandschiev jar net mieh. „Wenn dat Wiev hee met mich fäedisch es, moss ich secherlich zom Orthopäde, domet dä wier all ming Knooze op dä Reijh brengk. On dann moss ich als Kassepatzient ooch noch mondelang op ene Termin waade…", ben ich jrad am övverlegge, wie dä Massaasch fuppdisch am Eng es. Ich ben pärpläx. Ohne Höllep kann ich mich opriete, kann stonn, kann ohne Rollator jonn.

Et es koom zo jlööve, evver ich föhl mich tatsächlich wie nöij jeboore. Bevör ich mich noh druuße bewäeje daaf, weed ich noch zom Afscheed dozo jenüedisch, ä Tässje Tee met die deck Sumo-Tromm zo drenke. Beij demm drööve Ingwer-Tee plooch mich allerdengs en Frooch, die mich do em Senn kütt: „Wat es eejentlich met demm Wasser van demm Föößwaische passeet…?"

Völl Wengk öm Mäel

Öm anno 1580 eröm heesch dä Möllermeester van dä Stetternicher Tuerwengkmöll Dierich Nobis, dä us Sieschdörp eröver jekomme es. Dä Bäckere öm on töm wesse dat fing Weesmäel jenausu wie dat jroev Koermäel us dä Möll zo schätze. Do hat dä Häerr Nobis jenooch Werk, öm ene Mohlknäet en Luhen on Bruet halde zo könne. Nu nemmp Dierich sich sing räete Hangk zor Bross: „Linus, du has jo hoffentlich net verjääße, dat os vörije Mont ä paah Spetzboove ene Hoof Säck Mäel övver Naat jeklaut hant! Weeß dä Deufel, wie die Wännläpper dat aanjestallt hant… Os Düüre send äsu deck on emmer joot afjeschlooße… Dat daaf net noch ens passeere! Emmerhen han ich met ming Frau, fönnef Puute on met Schweijermamm sebbe Mulle zo stoppe. On du friss mich jo ooch noch dä letzte Hoore vam Kopp… Dä Bäcker Lintschens Caspar hat vör Övvermorje 6 Säck Weeßmäel on 4 Säck Koermäel bestallt. Bes Caspar dat Mäel net afjehollt hat, schlääste hee en dä Möll et Bett op, net em Huus! On pass mich öm Joddes Welle op dat Mäel op!"

Trotzdemm kütt dä Möller naats net zor Rouh. Hä es völl zo kribbelisch, öm zo schloofe. Öm Meddernaat hält höm nix mieh em Püss. Hä sprengk op, schlisch sich en dä Möll kontrolleere. „Linus…, Linus…, beste wacker?", dämmp hä sing Stemm em Düstere. „Secher", brommp dä Knäet, „ich ben hällwaach." – „Wat määste dann?" – „Ich ben am Nohdenke." – „Wo senns du dann drövver noh?" – „Meester, ich ben am Övverlegge: Wenn ich ä Jraav ushevv, wohen verschwindt dann dä usjeworpe Äed?" – „Joot! Övverlegg wigger!" Möller Nobis verkrüvv sich wier em Bett, fängk endes evver emmer noch kenne Schloof. Fickerisch wie hä es, treck et höm wier en dä Möll.

„Linus…, Linus…, beste wacker?" – „Secher", quetsch dä Käel erus, „ich ben hällwaach." – „Wat määste dann?" – „Ich ben am Nohdenke." – „Wo senns du dann drövver noh?" – „Meester, ich ben am Övverlegge, wenn us dä Kaming dä Qualm erussteesch, wohen verschwindt dann dä Qualm?" – „Joot! Övverlegg wigger!" Möllermeester Nobis ielt wier em wärme Püss. Hä es allerdengs völl zo opjereesch, öm Schloof zo fenge. Beij jede Mucks schreck hä op, spetz dä Uere, lonk en dä Donkelheet, of net irjendwelche Lompe versööke, Mäelsäck zo klaue. Noh en kotte Zick hält´m nix mieh neever sing Frau em Bett. Op lees Soele husch hä ernöijt zom Wengkmölltuer. Janz höösch määt hä Düür op…

Zom dreijde Mol frooch hä: „Linus…, Linus…, beste wacker?" – „Secher", hüüet sich dä Stemm vam Knäet ä bessje zedderisch aan, „ich ben hällwaach." – „Wat määste dann?" – „Ich ben am Nohdenke." – „Wo senns du dann drövver noh?" – „Meester, ich han dä janze Naat waach jeläeje on han opjepass wie ene Luchs… Meester, ich ben nu dä janze Zick am Övverlegge, wohen dann die 10 Säck Mäel verschwindt send!"

Völl Wengk öm ä Nonnefötzje

Wat fällt os alles zo Karneval en? – Danze, senge, höppe, löstisch senn. Sitzonge, Bützjes, Alaaf, Tätä… Tätä… Tätä. Net zo verjääße: Kostüme, Kamelle, Bier on Schabau. Van Wieverfastelovend bes Veilchesdengsdaach – eens jehüüet emmer dozo: Dä Muuzemändelches, wo mer „Nonnefötzjes" zo saare.

Sällevsverständlich meene mer Rheinländer, os Vürfahre hödde die sööße Deeschklößjes erfonge. Su wie et övverall op dä Welt Darmweng jitt, su kenne allerdengs ooch Minsche wigg fott van hee die „Nonnefötzjes". Op jede Fall kammer ad en Bööcher ussem 15. Johrhondert nohläese, wie dä Deesch doför Löffel för Löffel en heeß Schmalz usjebacke widd. Sällevs dä Franzjuese schnütze jeer die Leckereij, die se „pets de nonne" jedööf hant. En os Sprooch bedügg dat nix angisch wie „Nonnefotz". Wiesu äsu onschöldisch Jebäck zo su ene aanrööschije Nam kütt, wesse die Franzmänner zo verzälle.

Demmnoh soll sich fröhsch ens em Kluester Marmoutier, wat beij dä Stadt Tours legg, dä Bischoff aanjesaat han. Weil dä huhe, jewejte Jass ene bekangde Schmecklkecker woor, sooh mer dä Nönnches en dä Köijsch, wie se iefrisch am Backe, Broode on Kauche woore. Dä Äbtistin, ene ahle Quiesel, hott dat Kommando övver die fromm Fraulüüs-Kompanie am Herd. Räeter Hank sting et Novizje Agnès vör ene Kessel met heeß Fett dren. Dat jong Kluesterschwesterche hool ene Löffel met ä kleen Deeschbällche drop huch. Op eemol trock – puffpaff – ä lang, jequetsch Tüenche wie van ä malad Orjelspiefje dörsch dä Köijscheschwaam. Die Nonne luurete sich zoiesch schänee on jäejesiedisch pikeet aan. Dä Tuen woor en Beleidijong för dä Uere. Jetz zeijchne sich son Hemmelsdöhter net mar dodörsch us, dat se ä fing Jehüüer hant. Die könne dä Flühe hoste hüüere. Zodemm schinge se evensu ä fein Näsje dofür zo han, woher dä Wengk kütt. On dä koam van henge, ussem Norden van dä Köisch, wo dä Herd sting. On Agnès!

Alle Oore bleckete nu op dat ärm Novizemädche, dat vür luter Schamjeföhl afwääßelnd rued on wiss em Jesieht aanloofet. Vör Schreck looß et dä Löffel falle. Dat Deeschklömpsche flooch em huhe Boore em heeße Fett eren. – Wat es dat? – Dä Deesch em Kessel määt äsu ähnlich dönn jedröck Jeräusch wie dat kleen minschlisch Messjescheck-Läutche van demm Jongnönnche. Dat Kürelche us demm Deesch schwellt aan zo een joldjäel Kurel. – Seitdemm heesch dat lecker Bällche „Nonnefötzje". „Woröm ääße mer dat dann mar zor Fastelovendszick?", frooch minge Nohber Hebbäät mich. „Weil sich dat Nonnefötzje jo verkleedt hat", versöök ich höm zo explezeere. „Wenn de dich dat ens jenau beluuers, kannste senn, dat et en Werklichkeet ä Wengkbüllche em Kostüm es!"

Vör dä Düür kehre

Et es Friedaach. Finkens Jierd on dä Nohber Schiffisch Werner, dä Nieres, hant zofällisch zo jlicher Zick aanjefange, vör dä Huusdüür dä Strooß on dä Schlack zo fäeje. Nu stonnt se neeverenander op´m Trottewar on komme en et Mulle. Jierd stötz sich op dä Bäßemstell, küümp: „För minge Röck es dat Werk jo nix hee." Dat es Wasser op dä Möll för Nieres: „Meenste, du hötts alleen Ping?! Ich maach kenne Schrett, ohne dat ming Knee net laut ´au!´ brölle…" Do meldt sich henger höm ä Stemmche: „Hä? Könne Knee brölle, Opa?" Lukas, dä secksjöhrije Enkel van Werner es met´m Roller öm die Mannskäels eröm am Wusele. „Jong, dat säät mer ad ens äsu, wemmer Ping för zo Vräcke hat", explezeet dä Jrueßvadder.

„Hü looch en dä Ziedong ä Reklameblättche van sonn Internetz-Appethek beij", deht Jierd kond. „Do hant se zemmlich bellisch Pillches on Sällevjes schään völlerlei Problemches." Mer mööt sich wirklich ens schlau maache övver äsu ene Aazneijversand, meent hä. „Jo, do haste wahl räet", stemmp Werner zo, „os Pilledriehener hant mänchmol wirklich Priese wie em Puff." Lukas spetz dä Uere: „Opa, wat es ene Puff?" „Oos, Jong, moss du uusjerechnet hee erömjöcke, wo mer am Wirke send?!", schubs Opa dä Kleen fott. Finkens Jierd moss sich et Laache verbisse: „Wat die Bettsäcker net hüüere solle, dat hüüere se zoiesch… Evver zoröck zo demm Jesonkheetsblättche. Ich weed mich beij denne jet bestelle. Villeich bruchste ooch irjend ä Meddelche. Oder ding Frau. Et steht ooch ene Hoof Wieverkroom dodren. On Saff schään Verkälldong, Droppe schään Breischdörschfall, Zäppches schään Hämorrhide.

Op een Sied steht jrueß ´Imodium akut macht dem Durchfall Beine!´ Beklopp, wa?! Dabeij han ich beslang jedaat, dat dä Dönnpfeff ooch ohne Been en ieschter Lennisch dat deht: nämlich loofe. Sällevs wemmer stondelang setz – op´m Pott… Dä flöcke Otto lööf! Neeverbeij – ich wooß jar net, dat et hüzodaach em Zickalder van ´Viagra´ noch dat Potenzmeddel ´Okasa´ jitt. Ich han et mich ens dörschjeläese. Dä Bäddel es jo us Hodensäck van Renger jemaat. Hemmelzackere! Wenn de dat ennämms, bruchste secherlich donoh dat ´Imodium´ schään dä Dörschfall… Lang Red, kotte Senn: Wemmer beij dä Internetz-Appethek zosamme Zeusch övver 50 Euro koofe, krieje mer sujar noch 5 Prozent Rabatt. Ich werp dich dat Heffche nohher em Breefkaste. – Luuer dich mar ooch ens ´Eumel-Bull-Kraft´ aan. Ding Frau widd et dich jewess danke!" Schiffisch Nieres wenk af: "Ich weeß net, wie et beij dich es, Jierd. Evver noch ben ich wigg dovan fott, impotent zo senn…" Dä Rotzlöffel Lukas, steht wier do, treck Jrueßvadder am Boxebeen, kick huch: "Opa, wat es ´impotent´?"

Nieres ohmp deep dörsch: "Jong, frooch mar – van mich kannste emmer jet liehre…! Wenn Omma Spajetti kauch, send se weech on mer kann se öm dä Jabel driehene. Schött se beijm Kauche ä Meddel schään Impotenz eren…, kammer met dä Spajettis Mikado spelle."

A B C D F G H I J K L M N O P Q R S T U V **W** X Y Z

Wännläpper send ongerwääs

„Hankwerk hat joldene Boam", säät mer hüzodaach emmer noch. Dat stemmp evver zor Zick döcks jenausu wennisch wie fröhsch. Damols hant sujar ene Hoof Jeselle op dä Walz, evensu wie sällevständije Meester, van dä Hank en dä Monk jeläev. Et joov Daach, do hant se koom jet zo bisse jehat. Besongisch et „reesende Volk" wie Schiereschliefer on Lompesammler oder en ieschter Lennisch dä Kesselsflecker, die net bloß zofällisch ooch „Wännläpper" jeroofe wuuede. Die Wännläpper trockke van Dörp zo Dörp, van Stadt zo Stadt, öm kapotte koffere Pött, Kessele on Panne zo flecke. Öm ä Kaff, en demm et ene ördentliche Kofferschmett joov, maachete se jeer ene jrueße Boore eröm. Met dä Schmedde hodde se sich jau en dä Hoore. Die hant sich dann usjedeufelt, jezänk on jeklopp wie die ´Kesselsflecker´.

Petzolds Otto woor ene van die Pottläpper, die met ä Päed, en Wonnkaa on dä Famellisch van ee Neeß en dat anger ongerwääs send. Hä hott sing Schmeddeklitsch on Füüstell henger Ruudörp, kott vör Lennich opjebout. „Nu kick, datte jenooch Arbeet metbrengs", hong Zita, sing Frau, höm en dä Uere, „os Kenger hant ad zwei Daach nix Vernönftijes mieh em Maach jehat... Van Fleesch well ich jar net iesch spreische!" Otto wooß sällever, datte sich besongisch em Zeusch legge moot, domet sing vee Pänz jet zo köije kreejte. Met en Döijkaa maachet hä sich met dä ählste Dohter op´m Wäech.

Ofwohl dat Lisa iesch fuffzehn Johr zället, konnt et dä Konde ad schönn Oore maache on mänch ene jonge Fänt em Nu dä Kopp verdriehne on öm dä Fenger weckele. Jemeensam trocke se dörsch Stroße on Jaaße. Fenstere on Düüre jinge op, wemmer die zwei senge huuet: „Es dä Pott kapott, werp dä Pott net fott! – Mer flecke Pött on Panne, Kessele on Kanne!" En Lennich koam tatsächlich ene Brassel koffere Jeschierr met Läucher dren zosamme. Die Löcke moote nu opjedubbelt on verzenk weede. Jenooch Werk, öm sich noch ens satt zo ääße!

Otto schecket Lisa met dä övvervoll Döijkaa zom Laarerplei zoröck. Hä sällever jing noch ens en die Jassstuev, wo dä Wiet höm „Kurpfuscher" jeschubb hott: „Ming joode Pött krisste op kenne Fall!". Dä Kesselschmett satz sich am Döijsch, öm sich en Frikadell met Mosterd zo bestelle. Wienands Tünn, dä Schankwiet, serveeret hüekspersüenlich. „Waat!", Otto schoovet dä Teller van sich. „Ihhh! Dat Fleesch es jo ad jrau am weede… Bevür ich mich hee en ding Bud verjevv, breng mich leever ene Likör!"

Hä kippet dä Likör en ene Zoch erav, schöddelet sich, sting op on wollt dä Wietschaff erus jonn. Dä Wiet stallt sich däräk en dä Düür: „Du has dä Likör noch net bezahlt, du Wännläpper!" „Doför han ich dich Plackfissel doch die Frikadell zoröckjejovve", wuued Otto siehr laut. Wienands Tünn loofet rued aan: „Jo, doför haste jo wahl ooch nix berapp!" – „Ja on? Dä Dress han ich jo ooch övverhaup jejääße!"

WASSER OP DÄ MÖLL

Et es ad völl Wasser dä Meezbach eravjeflooße. Vör 4000 Johr fonge Minsche aan demm fresch Wässerche et jelobte Lank. Spööder hant fooßkranke Römer sich do fassjesatz. Em 6. on 7. Johrhondert hant dä Franke dat Stöckche Äed för sich entdeck. Öm anno 1300 eröm solle ooch dä ieschte jüddische Famellije en on beij Aldenovve am Meezbach jeläev han. Wie övverall hant se ooch hee en wäeßelvoll Jeschichte dörschmaache mösse. Net dä schläeteste Zick för völl Enwonner erläevet dä Jemeende aanfangs 1900. Dä Kaufmann Simon Salomon us Niejermeez hott dä Pötzdörper Wassermöll am Meezbach jejolde on es met sing Dohter do enjetrocke. Hä zeejet sich jeschäfflich siehr op ´m Kiviev. Die ahl Knoozemöll blöhet flöck op, wuued zo ene Betrieb met bes zo 30 Beschäftischte. Knooze-Mäel, -Öel, -Fett, Schmiermeddel suwie Kunsdünger hant se fabrizeet.

„Seitdemm dä Jüdd dä janze Wääch Knooze knacke lett, stenk et hee jewaltisch", hüüet Vaasens Aujuss nie op, övver dä Fabrikant on sing Firma „Vereinigte Chemische Fabriken Julius Norden & Cie Aldenhoven" zo zackerementeere. Joot, dä Krakeeler wönnt mar ene Steenwurp van dä Möll fott. On ejal wie dä Wengk steht, dä fuule Jestank setz allzick en alle Retze em Huus. Enzwesche schmäät en dä Famellisch Vaasen dä beste Läeverwuesch ad verdorve noh Moder. Aujuss widd nu net mööd, dä Nohbere opzohetze, schään dä Jüdd met sing Möll aanzostenke. „Mer mösse jet ongernämme!", sammelt hä en dä

Wietschaff ä paah Krawallmäscher henger sich. Nu kann sujet ene Dörp koom onger dä Deck blieve. Stonnsfooß kritt dä Häerr Salomon övver dat Komplott dä Nas draan. Daach on Naat es hä jetz am Senne, wie hä ene Opruhr verhengere kann.

Sing 16-jöhrije Dohter es för dat jong Alder ä opjeweck Mädche. Jenny weeß ene luese Root: „Papa, Vaasens hant dreij Burschde övver 17 Johr em Huus. All send se Taareslühener met ä onsecher Enkomme. Stell doch eene van denne för ä rejelmäßisch Jehalt en. Dann widd keene mieh dä Mull schään dich opmaache." „Jenny, du bes ene Joldschatz!", driehent dä Knoozemöller sich op dä Afsatz eröm, määt sich stonnsfooß op ´m Wääch zo dä Vaasens-Bajaasch. Hä fällt met dä Düür en et Huus, lett dä Huushäer iesch jar net zo Wooet komme: „Ich söök ene joode Arbeeder för ene jereejelte joode Verdeens…" Aujuss es övverrompelt, scheck Tünn, dä älste Sonn, en dä Knoozemöll. – Van Opsässischkeete schään Simon Salomon on sing Fabrik hat mer do nix mieh jehuuet.

Tünn, dä Tünnes, widd evver jau opfällisch. Hengerm Röck vam Chef vertitsch hä ä paah Zentner Knooze för joot Jeld. Häerr Salomon moss ´m feuere. „Wie maach ich dat bloß, ohne dat dä alde Vaasen wier op dä Barrikade jeht?", sennt hä ernöijt hen on her. Jenny schöddelt dä Lüesong ussem Mau: „Tünn sing Ongerschlaarong daafste net em Zeuschnis schrieve! Sonns kritt hä kee Werk mieh. – Schriev: ´Hä woor emmer ihrlich bes op dä Knooze.´"

Wat es kromm?

Et jitt kee Minsch em Dörp, dä net Möllischs Laurenz kennt. On et jitt net ooch mar eene kleene Fooßbreet en dä Jemeende, dä Laurenz fremb es. Dä Käel zällt hü 46 Lenz on es van Jebuuet aan blengk. Doför weeß hä ooch jede Schrett bes zo dä Kirech, bes zom Fußballplei. Hä es nie en dä Laach, beij ä Fußballspell ä Tor, ä Faul, en Ecke oder ene Ellefer zo senn. Evver dä Zuschauer neever höm, explezeere höm jeer, wat jrad op´m Rasen passeet. Äsu merk dä Blenge sujar flöck, of dä Schiri met die Flööt en Trööt es. Laurenz es dä ieschte, dä dann bröllt: „Dä Ruppsack bruch ene Blengehonk."

Dä Möllisch kann beispellswies demm Börjermeester jenau scheldere, wo en Plaat op´m Trottowaa am waggele es. Oder wo ene Dürpel jet afjesack es. Hä weeß hondertprozentisch, wo dä näkste Lateerepohl steht. On hä määt emmer ene jrueße Boore öm dä Hoff van Randeroots Will eröm. Subald hä do en dä Nöh kütt, hüüet dä Möpp net mieh op, wie weld zo bletsche. Singe leevste Wäech fööht höm evver noh Platzbeckisch Lies. Liesje es dä Wietin van sing Stammkneip „Em Wenkel". Laurenz sällever verzällt jeer dä Witz, datte dä Platzbeckisch-Wietschaff noch et naats blengk fenge wüüed. Allerdengs drenk hä sälde Alkohol. „Dat brengk mich ussem Trett", explezeet hä dä Lü emmer.

Mieschtens lett hä sich ä Cola oder ä Limo enschenke. Wenn hä ad ens ä Jlas Mellech bestellt, wesse Lies on dä Jäste äsu secher wie dat Amen en dä Kirech, datte Kopping hat. Hü es et wier äsu wigg. Möllischs Laurenz hat sich stell am Döijsch en dä hengischte Eck verkroofe. Vör sich steht dat Jlas met Mellech. Liesje es besörsch, jitt Jöbbelse Chrestian ene Wenk, hä soll sich jet öm Laurenz kömmere. Dä Jöbbels fällt dann ooch däräk plomp met dä Düür en et Huus: „Es et dich net joot, Laurenz? Ich setz mich jet zo dich…" „Chress, bes du et…? Jo, secher…! Weeßte, mich driehent et sich einfach mänchmol em Dääz wie ene Hülldopp", jriev Laurenz sich am Kopp. „Sisste, ich han hee Mellech. Evver wie sitt se us? Sonn Froore kreese mich dann em Dassel eröm. Dat määt mich dann fäedisch."

Chrestian well hellepe: „Mellech? Dat es en wisse Flössischkeet." Fickrisch trommelt dä Blenge met dä Fengere op´m Döijsch: „Jo, on wat es ´wiss´?" „Mhhm", övverlegg Chress, „wiss es zom Beispell ene Schwan… Wie fröhsch en Jülich op´m Schwanedisch." „Ahaaa!", widd Möllischs Laurenz laut, „on wat es ene Schwan?" Jedöldisch explezeet Jöbbelse Chrestian: „Dat es ene jrueße Wasservurel met ene lange kromme Hals." „Zackerloot!", schubb Laurenz, „ich senn nix! Wat es kromm?"

Chress böösch singe Ärm: „Hee, föhl ens! Do kannste ens taaste, wat ´kromm´ bedügg." Dä Blenge taas sörschfäldisch dä jekrömmde Ärm van singe Döijschnohber af. Van oeve noh onge, van onge noh oeve. „Ahhh!", freut Möllischs Laurenz sich, „jetz jeht mich en Käez aan.

Sue, nu weeß ich endlich, wie Mellech es!"

Wat för ä Theater

Beijnoh jedes Kaff hat en Karnevalsjesellschaff. Wie et noch kenn Fernsehjlotze joov on mar janz wennisch Lü jet van ä Kino, ä Lietspellhuus, jehuuet hodde, wooße Theatervereine et Vollek zo ongerhalde. Döcks woore dä Fastelovendsjecke vam Elleferroot zo jlicher Zick dä Mackadoresse van dä Dörpsbühn. Eene „Präsident", Kauche Schäng, hott beede Vereine em Jreff. Hä konnt sich ooch op dä Höllep van sing Elleferroots-Pappnase hondertprozentisch verlosse. Siebens Hein, dä Wiet vam „Joldene Schwan", schmücket beispellswies beij jedem Fess dat kleen Sälche op eejene Koste. Lontzens Laurenz hat emmer met ä paah Arbeeder van sing Boufirma dä Bühn zosammejeschustert. Bloß Schauspeller zo fenge on Lü för ä richtisch Theaterstöck zo schrieve, braate Kauche Schäng Sörjefalde op dä Stier.

„Dann zeesch ens, watte dich do us dä Fengere jetrocke has", es Häerr Koch nöijjierisch. Dä jonge Fänt, Dahmens Ewald, hat ene Kriminalfall för op dä Bühn op Papieh jebraat. „Ich fang am beste vüüre aan", schläät dä Bursch ä Heff op, „et es ene Knüller…!" „Joot", widd dä Präsident ad fickerisch, „wie heesch dä Knüller dann?" „´Dued em Döppe´… Dat Janze spellt hee aan dä Ruu", explezeet Ewald, „et jeht loss: Pechschwatz woor die schwööl Sommernaat. Kenne Struch, kenne Boom woor zo senn. Bloß dä Sultan woor lees vör sich hen am winsele…" „Ahh", ongerbrich Kauche Schäng, „dat Spellche fängk em Orient aan, wa?!" Dahmens Ewald schöddelt met´m

Kopp: „Wiesue dat dann? Dä Sultan es dä Möpp van demm Kripo-Kommissar Schulze… Alsue – lees woor dä Kommissar vör sich hen am winsele…"

„Nee, halt!", hevv dä Häerr Kauch dä Häng, „ieschte haste jeläese, dä Köter woor am winsele..." Dann wüüere se evens beede am winsele jewess, meent dat Schreffstellertalent: „Die woore am bibbere vör Kält." Dä Präses vam Theaterverein schläät sich met dä flache Hank schään dä Stier: „Kokolores! Et woor doch en schwööl Sommernaat." „Dä Kommissar on dä Honk bibbere vör luter Opreejong… Dat es evens die Spannong en dä Krimi", bliev Ewald kenn Antwooet schöldisch. Schäng frooch jenerv, wo dann do wahl Spannong senn sollt. Dä Jröönschnabel fieht onbekömmert fott: „Do stutz dä Kommissar Möller…" „Nee, nee!", widd dä Präsident siehr laut, „evens hoosch dä Poliss doch Schulze!"

„Häerr Kauch, err hat kenn Ahnong… Dä Kommissar moss sich ad ens verwandele, domet dä Täter demm net däräk erkenne kann." „Wer es dann dä Janove?", well Kauche Schäng wesse. Dahmens Ewald stammp opjereesch met´m Fooß op: „Woher soll ich dat dann wesse?! Ich ben doch iesch dä ieschte Sied am läese. – Evver wigger em Tex: Puff paff zuck Kommissar Möller zosamme… Et dörschriesult höm heeß… Van Kopp bes Fooß… Sieh Liev fängk aan zo brenne…"

Nu es dä Theater-Präses doch jespannt wie ene Flitzeboore: „Woröm dat dann?" – „Kommissar Möller legg en ene Hoof Seckome!"

Wo der Nikolaus in Jülich seinen Rentierschlitten parkt…,

will der Herr Jedönsrat von **Ulrich Backhausen** erfahren. Auszug: JN/JZ

Foto: Guido Jansen

Herr Backhausen…, ääh…, lieber Nikolaus! Sie wollen seit rund 1700 Jahren am 6. Dezember den unschuldigen Kindern etwas in die Schuhe schieben. Was machen Sie an den restlichen 364 Tagen im Jahr?

„Im weltlichen Leben nimmt mein Beruf mich in Anspruch sowie auch derzeit die Weihnachtsvorbereitungen mit einem Straßen-Krippenbau."

Auf den Geschenk-Spielzeugen steht ‚Made in China'. Sie kommen aber aus Myrna in der Türkei oder sogar direkt vom Himmel angereist. Wo haben Sie bei der Parkplatznot Ihre Rentiere abgestellt?

„Einem kecken Naseweis hatte ich letztes Jahr vorgeflunkert, der Schlitten sei auf dem Walramplatz geparkt. Das vorwitzige Kerlchen hatte aber den Hinweis überprüft und ich habe ihm dann vorgetäuscht, den Diebstahl schon bei der Polizei angezeigt zu haben."

Wollten Sie eigentlich immer schon Nikolaus werden? War Ihr Traumberuf nicht Baggerfahrer, Feuerwehrmann, Polizist oder gar König von Mallorca?

„Malle war nie ein Thema. Baggerfahrer will wohl jeder Junge mal werden. Und zum Geburtstag vor wenigen Jahren durfte ich einen Radlader bedienen. Aber der betagte Nikolaus scheiterte an der Technik."

Trotz Erderwärmung kann es im Dezember dann und wann arg kalt werden. Tragen Sie himmlisch warme Thermounterwäsche?

„Das strahlende Kinderlächeln am 6. Dezember wärmt Herz und Seele. Was brauche ich da Thermowäsche?"

Sollte Ihre Saisonarbeit jedoch schweißtreibend und stressig sein, vergeben Sie dann Aufträge an Amazon?

„Mit Hilfe der Engel schaffe ich noch jede Lieferung."

Wann geht denn der steinalte Nikolaus in den verdienten Ruhestand?

„Solange Petrus mich schickt, nicht beizeiten einen Nachfolger findet, werde ich wohl selbst meine Päckchen zu tragen habe. Freilich bereitet mir das Leuchten in den Augen der Kinder eine Riesenfreude."

Wat haste jesaat?

„Uhhaa…, ich ben noch jar net äsu richtisch wa-a-ach!", es Drügg am Jaape on fängk sich aan en dä Fäere zo räcke. Will es ad wacker on driehent sich zo sing Frau eröm, öm se besser verstonn zo könne. „Wat haste jesaat? Wer woor beij os op´m Daach?", well Will secher jonn, richtisch jehuuet zo han. „Wie? Wat? Ich han doch jar net jelaach!", föhlt Drügg sich aanjejreffe. – Beede hüüere schläät. Onußerdemm hant beede jo em Bett dä Hüüerjeräte net aan. Die legge noch op dä Naatskommödches – neever dä Jebesse, kott vör dä Brelle. Jeder hat op sing Sied vam Bett dä eejene Höllepsmeddel, dä Prothese, platzeet, domet se mar jo net verwäeßelt weede. Mullt mer met verkiehde Zäng, es mer jo noch schläeter zo verstonn!

Wemmer älder widd, zwick on zwack et evens döcks jenooch am janze Liev. Mer kritt et em Röck, dat mer sich koom noch dä Schohnsrehme sällever zobenge kann. Et knack en dä Knee, em Nack; dä Uere schinge met dä Zick emmer faster zozowaaße on sing eejene Oore kammer suwiesu net mieh troue. Jenausu es dat beij Brochmanns Will on Drügg. Evver die zwei mösse sich sällevs met Hüüerjeräte aanbrölle. Se verstonnt bloß net alles, weil et Radio oder dä Flemmerkess zo laut es, druuße ene LKW vörbeidonnert oder dat jrad Jesaate met voll Mull jesprauche widd. Äsu kütt et, dat dreij Wööetches en dä Famellisch Brochmann honderte Mol am Daach zo hüüere send: „Wat haste jesaat?"

Secher kann dä janze Brochmanns-Bajaasch met dä Zostand läeve, zomol die Standardfrooch „Wat haste jesaat" dörschus löstije Ooreblecke em Läeve parat hält. Dä Kenger on dä Enkele verzälle emmer jeer, dat Opa Will lang em Keller eröm jemaat hat, weil hä verstange hott: „Holl mich dä Matratz ussem Keller!" Omma Drügg hott allerdengs jesaat: „Os Katz friss emmer schneller." Doschään hott Will ens sing Frau beschwore, die Äezebückse op kenne Fall fott zo werpe. „Die bruch ich för dä Pinsele en dä Werkstatt." Drügg meenet dodrop: „Seit wann beste dann en dä Jewerkschaff?!" Beijm Autofahre es et ad jet jefiehrlicher, wenn seij zom Beispell säät: „Die Ampel es rued…!" On hä rieß verschräck dä Häng vam Lenker on frooch: „Wer es duet?"

Dess Daach send die ahl Brochmanns beijm Ooredokter jewess. Se sooße ad en siehr lang Zick em Waadezemmer, wie Will aanfängk, op singe Setz eröm zo rötsche. Hä widd onjedöldisch, steht op, vertrett sich jet dä Fööß. „Ich moss ens. Wo es hee dä Klo?", frooch hä sing Frau zweimol. Wie Drügg et dann verstange hat, weeß et däräk Bescheed: „Jlich do vüüre. Et steht jruess draan!" Will: „Wat haste jesaat?" Die anger Patziente spetze ad dä Uere. Drügg wierhöllt äsu laut wie et kann: „ET STEHT JRUESS DRAAN!" Hä määt sich op´m kotte Wäech. Dobeij rööf hä övver dä Scholder zoröck – evenfalls – äsu laut wie et mar jeht: „NEE, NEE, NET JRUESS. ICH MOSS MAR ENS PINKELE!"

WEMMER EN REES MÄÄT…

Agnes kick sich ronksöm, luuert dann en et Reesebööchelche van Rom on wies dann met´m Zeejefenger noh lenks: „Mer mösse do langs!" „Dat es villeich ene joode Vürschlaach", motz ich, „do komme mer doch jrad her." „Ähh…, ääh", stroddelt mieh Jötterwiev, „wie heesch dä Plei dann hee?" Ich verdriehen dä Oore: „Hemmelzackere… Zom x-te Mol… Dat es dä Piazza Adriana… Du moss dat jetz en dat Heffche fenge, domet mer wesse, en welche Richtong mer jonn mösse." Agnes blaart dat Schreffwerk dörsch. „Ahh! Onger ´P´ wie ´Platz´, wie ´Piazza´. Jo, hee es et ad: Piazza Adriana! Dä Kaat steht op dä 102. Sied. 102 F 4…, 102 F 4…, 102 F 4…" Ich schöddel met´m Kopp: „Oos, ich weeß et nu. Kick doch endlich noh!"

Ming Frau spöijt Jeff on Jall: „Seij doch net äsu kribbelisch, du Nörjelsfott! Ich moss mich dat emmer vürsaare, sonns verjääß ich dat. Ich kann mich jo kenn Zahle merke. – On dovan afjesenn… Woröm söökste et net sällever?!" „Ich han minge Läesebrell em Hotel legge losse. On sonn kleen Schrefte erkenn ich net", jevv ich kleenlaut zo. Jetz fällt ming bessere Hällefte op: „Du has dinge angere Brell evver ooch net aan!" „Dat Eene hat doch net demm Angere övverhaup nix zo donn", loss ich mich op kenne Fall en en Knäbbeleij en.

Agnes zeesch noh räets: „Dä Kaat noh zo urdeele, mösse mer dohen jonn." Ich frooch, wie dann do dä Strooß heesch. „Momentche…! Dat es dä Via… Via della… Via della – o Jott! –

Con-zi-li-a-zi-one", boochstabeet et. „Agnes, ich jonn ens evens op et Strooßescheld luuere, of dat dä richtije Wäech es. Bliev sulang hee op dä Stell stonn! Bewäesch dich net vam Fleck fott! Hee en demm Jaaßejewemmel fenge mer os nie mieh wier", wies ich ming Frau aan, bromm – zom Jlöck onjehuuet – noch hengerher, „villeich wüüer dat net et Schläeteste." Tatsächlich es dat Strooßescheld flöck jefonge. Sujar ohne Brell kann ich dä Schreff entzeffere: Via della Conziliazione.

Ich iel zoröck, wenk on roof van wiggs: „Agnes! Aaagness! Komm! Mer send richtisch." Agnes määt noch jau ä Foto van dä Piazza on küt mich entschään. Ich maach ´m drop opmerksam, dat henge op dä Eck ä Restorang es. Do könnte mer jet drenke on villeich en Pizza ääße. „Och, Honger han ich keene. Evver Duesch han ich wahl", meent et Fräuche. „Joot. Dann losse mer os ens ene italijäänische Ruetwing schmaache", jommer em Ristorante „Come a casa".

Met Häng on Fööß explezeet os dä Piccolo, dä Kellner, mer mööte onbedengk ä Jlas Brunello probeere. Agnes es aanjedonn van dä Jläser: „Nee, wie schönn. Dat send Römer!" „Jo, secher send dat Römer hee", verstonn ich ming Frau on dä Welt net mieh. „Nee", wenk Agnes af, „dä Kelchjläser nennt mer äsu. Hee drenke dä Römer dä Wing us Römer." Wat mieh Ihejesponns do van sich jitt, well mich net äsu richtisch em Kopp eren. Ich frooch noh: „Du wells mich doch net wiesmaache, dat se en Paris us Pariser drenke, wa?!"

Wenn et zwöllef schläät

Wer sich vör övver zwei Johrhonderte op Rees bejoov, moot jrueße Möh op sich nämme. Övver vermaledeijte Strooße römpelete dä Kutsche äsu op on af, dat jede Passaschier am leevste vör luter Ping häll opjebröllt hött. Evver destu schläeter dä Wäech woore, ömsu mieh konnte sich dä Anwonner dä Häng rieve. Wenn ene Zweispänner beispellswies met ene Acksebroch legge bloov, verschaffete dä Drecksler on Waanmaicher sich ene joode Verdeens. Dä Wietslü konnte dä veronjlöckte Reesende Ääße on Drenke on ä Naatslaarer aanbeede. Us dä Nohberschaff dä Buure hodde met dä Päed dä Kutschwaan dann ussem Schlamassel jetrocke. – Wat evens för die eene ä Onjlöck woor, braat denne angere Jlöck, Arbeet on Bruet.

„Oos, die Kess hee es evver ene Knoozeknacker!", schubbet jrad dä äldere Mann, dä met sing Frau en Ichedörp zojesteesch woor. Schäänövver op dä Setzbank dat jong Fromminsch wooß et koom noch uszohalde. Net mar dat Holpere on Poltere! Nee, et moot ens onbedengk mösse. Doch sonn risch, vürnehm Kaufmannsdohter us dä Severinsstrooß en Kölle daaf sich sujet net aanmerke losse. Do päesch dat Frööle Friederike Höninghaus leever dä Been zosamme. Dann… puffpaff… joov et paafdisch ene fiese Rumms! Däräk hott dä Kutsch Schlaachsied. Dä Fahrjäss fonge keene Halt mieh. „Auwiehe!", „Halt mich fass!", „Nämmt üer Fengere do fott!", huuet dä Postilljong dä Stemme us dä Kutsch. Hä maachet dä lenke Düür op: „Janz höösch hee erusklomme! Ich hellep üch", trock dä Kutscher sing Passaschiere en Secherheet. „Et send mar noch paah hondert Schrett schnackus bes zo dä Possstatzijuen ´Zum Güldenen Birnbaum´ en Aldenovve", wieset hä dä Reesende aan. Kenn Sörsch! Üer Bajaasch kütt noh."

Friederike kreejt trotzdemm Sörjefalde. Et wollt zicklich jenooch en Oche aankomme. Dä älder Schwester es huch en anger Ömständ. Met demm Ihepaah us dä Kutsch ielet et – äsu joot wie et konnt – övver dä holperije Paveisteen. En dä Possstatzijuen aanjekomme beluueret dä Wietsfrau, Theisens Ännche, stonnsfooß dat enkele Fromminsch van oeve bes onge, van Kopp bes Fooß, övverlaat: „Do send Fänninge zo holle… Ä düer, hell Kleed met ene Reefrock, dä met lila on jröön Bloome besteck es… Joot dodrop afjestemmp dräät dat Madämmche ä lila Brokatjäckche… Ene Blenge sitt doch, dat sonn fing Prie op kenne Fall ä Trampelswiev ussem Dörp es!"

„Wo es hee dä Toilett…, ääh…,mhm…, et Klosett, meen ich?", ongerbrooch dat Fräuche dä Jedankejäng van dä Wietsfrau. „Övver´m Hoff… Dä Düür do henge met demm Hätzje dren es osser AB." Paah Minütte spöder sting Friederike wier en dä Jassstuev: „Iihh! Op´m Klo beij üch send jo dusende fette Fleeje!" Ännche wenket af, wooß zo beröijhije: „Wenn err, nohdemm dä Kirchjlocke zwöllef jeschlaare hant, op´m Schei…, ääh, op´m Hüssje jott, weed err do kenne schwatze Brommer mieh aanträäfe… Bes onjefiehr kott noh dreij Uher halde sich die Dressfleeje en os Köijsch op."

Wer Jeff on Jall spöijt

Knapp dreij Johr noh dä 1. Weltkreesch jeht et beijm Stellmaacher- on Wagnermeester Klenkeberschs Nöll stracks pielop. En dä Werkstatt lööf et wie jeschmiert. Zwei Jeselle on zwei Stefte jonnt höm zor Hangk. Dä Konde van noh on wigg renne höm dä Düür en. Se wesse, dat hee nix jefusch widd. För Jestelldeel wirke se en dä Klenkeberschs Klitsch met düer Escheholz, för Nabe on Speiche nämme se Lenge- on för dä Radfelje Bucheholz. Ooch met dä Famellisch es Nöll övverjlöcklich. Beijnoh. Nöll sing Frau Els dräät et veede Kenk ongerm Hätz. Et verjeht kenne Daach, aan demm hä net am Bäene es: „Leeve Jott, loss et noh dreij Döhter endlich ene Jong weede, domet hä spööder dä Betrieb övvernämme kann."

Domet dä Konde noch mieh beendrock weede, hat dä Stellmaacher nu dä Enfaaht on dä Hoff met Blausteen paveiere losse. „Dat sitt doch besser us wie dä matschije Lehmboam", wirp hä sich en dä Bross. Evver seitdemm dat Jronkstöck schönn jeflastert es, hatte morjens wie ovends Brass met singe Nohber Trienekens Schäng. Dä driev dann dä Köh vam Stall dörsch et Dörp op dä Wee oder van dä Wee dörsch et Dörp zoröck. Dobeij loofe emmer ä paah Diere övver dä Paveisteen… on losse paafdisch jet henger sich falle. „Schäng, pass op, dat ding Köh net luter op minge Plei hee scheiße", hat Nöll demm Buur nu ad ä paah Mol en dä Uere jehange. Jenötz hat et nüüß. Jetz well hä Nääl met Köpp maache. Hä wäät dodrop, dat dä Trienekens met dä Köh zom Melke zoröckkütt. „Schäng!", bröllt hä, „et letzte Mol! Wenn de ding Diere ad net van mieh Jronkstöck fotthalde kanns, dann fäesch wennischtens dä Dress fott!" Dä Kopp vam Buur lööf jefiehrlich ruet aan: „Haste se net mieh all?! För sujet han ich kenn Zick."

Nu steesch dä Blootdrock vam Hangkwerksmeester Klenkebersch op Hondertachzisch: „Wenn du Buurerämmel kenn Zick has, dann scheck doch ding Frau zom Fäeje. Statt dä janze Nohmeddaach met ene Knäet van dich en dä Schüe erömzohangteere, kann dat Fromminsch van dich doch wahl ens ene Bäßem en dä Hangk nämme. Evver do es sonn fing Prie sich wahrschleinlich zo schad vör, wa!" – „Wat sääste do, du Drecksemmer?!" – Ee Wooet jitt dat anger. Beede jonnt sich am Kraach. Nöll schläät zo. Voll op dä Zwöllef. Dä Trienekens spöijt net mieh Jeff on Jall – hä spöijt Bloot on Zäng. Dä Häng för dä Mull nuschelt hä tösche dä Jebesslöck: „Mer trääfe os vör Jerich, du Aaschjeisch!"

Et Ampsjerich Aldenovve hat Häerr Arnold Klinkenberg vürjelade. Advocatus Dokter Froitzheim vertrett höm. Hä meent: „Beleidijong, Verleumdong, tätlicher Anjreff… net einfach." Nöll weeß ene Uswäech: „Ich scheck demm Richter en decke fette Jangs met ä Visitekäätche van mich…" Dä Anwalt schläät dä Häng övver dä Kopp zosamme: „Öm Joddes Welle! Dat jitt ooch noch en Anklaach weje Bestechong." Dä Prozess kütt: Et jitt kenn Zeuje, alsue kenn Stroof. – Druuße vör dä Düür jesteht Nöll singem Räetsverdriehener: „Ich han demm Richter doch en Jangs jescheck!" Dokter Froitzheim widd blass. Nöll laach sich en et Füüßje: „Ich han allerdengs ä Visitekäätche met dä Nam Trienekens beijjelaat."

Wievöll Uher hammer?

Et woor ad spoot ovends. Op jede Fall konnt mer druuße dä Hank net mieh vör Oore senn, su zappedüster woor et. Wemm dat Stampe, Rattere on Quietsche van dä Ieserbahn net jewess wüüer, hött mer denke möje, dä Welt wüüer ongerjejange. Kenne Moond, kenne Steer am Hemmel, keen inzije Funzel woor op dä Streck van Dolheem noh Jülich am Lüete. Ronkseröm – alles klütteschwatz.

Em Wajong, em Zochafdeel, hong aan dä Deck ä Jlöhbierche, dat jäel flackeret, dat döcks mieh Schatte wie Liet op zwei Persuene worp, die do sooße. Julius Oppermann hott et sich su joot wie mööchlisch em Setz an dä Düür kommod jemat. Seit ee Johr, seit Engs 1911, rees hä alle zwei bes dreij Mont morjens fröh van Jülich övver Dolheem noh Jladbach – on ovends zoröck. Hä woor fruhe övver die nöij Bahnstreck, weil hä dodörsch Stooffrolle däräk en dä Textilijefabrik koofe konnt. Dat koam höm bellijer wie dä Enkoof van demm Dooch van dä Klenkepützer, die höm dä Bud enrannte. Julius Oppermann hott ä Schniederjeschäff för en düer Kondschaff. Zwei Jeselle on ene Steff hotte en Luen on Bruet. Sing Frau on dä vee Kenger mösse do, wenn Nuet am Mann es, ooch ad ens met eraan. „Dä Jrosche, demm ich net usjevv, han ich secher en dä Täisch", säät dä Fänningsfötzer emmer.

Demm Schniedermeester schäänövver op dä Bank rötschet ene jonge Mann – dönn wie ä Hemp – onröijisch hen on her. Dä Zoch hoolt aan. Dat Bahnhoffsscheld van Hückelhoove looß sich mieh ahne wie läese. En Uher woor nirjends zo erblecke. Iggelisch sprong dä Spenneflecker op, maachet ene deepe Deener vör dä angere Fahrjass on frooret fröngklich: „Nee!", schöddelet Julius Oppermann dä Kopp, ofwoll mer et Kettche van en Täischeuher aan sing Wess bommele on blenke sooh. Die Frooch noh dä Uherzick wierhollet sich van Bool övver Lennich bes kott vör Jülich. Aan jede Stazijuen: „Könnt err mich jefälles saare, wievöll Uher mer hant?" Dä Antwoot bloov däsälleve: „Nee!"

Beede steejete en Jülich em Bahnhoff us. Julius Oppermann packet dä lästije Flentereem am Mau: „Ich well op kenne Fall onfröngklich senn. Evver hött ich üch dä Zick jesaat, hött err entewell jefrooch, wo ich dann henrees on wo ich wonn. Su wüüere mer en et Mulle jekomme. Ömjänglich wie ich ben, hött ich üch van ming Schniedereij verzallt on zo en Tass Kaffe beij mich doheem enjelade… Beij os zohuus wüüed err senn, dat ich en Dohter han, die jrad achzehn Johr jong es. Ä Beld van ä Mädche! Err hött üch en demm secher verkecke. On dat Ännche wüüed üch dann ooch leev jewenne. Dat Eng vam Leed es, err wüüed jaranteet öm dä Hank van ming Dohter aanhalde… On jetz frooch ich üch: Wat soll ich met ene Schweijersonn, dä noch net ens en Uher hat?!"

Wo jeht et hee noh Jievenich?

Et woor lang vör os Zick, am Dreijkönningsdaach. Dä kälste Wenkter em 19. Johrhondert hott dä Jülicher Lankschaff wiss jefärev. Deelwies looch dä Schneij em Januwar 1829 mieh wie vee Steffele huch vör dä Düür. Aan dä Rutte waaßete decke Iesbloome. Dä mollischste Plei fong mer ongerm Plümmo em Bett met ene heeße Steen on en Wärmfläisch dren.

Moritz on Cordula – iesch seit zwei Johr verhierodt – hodde sich jrad am Ovend em wärme Püss verkroofe, do fohl demm Fräuche en: „Haste dä Düür onge afjeschlooße?" „Nee, ich daat, du hötts dat jedonn", brommet hä. „Du bes zoletz dä Trapp erop jekomme. Et es ding Saach", woor Cordula sich secher. „Kokolores! Ich jonn op jede Fall net mieh erav. Maach et doch sällever!", joov Moritz sich stur wie ene Kommißkopp. Et hött äsu schönn weede könne em Bett… Evver die beede loore nu em deepe Kwäss metenander. Höm koam do dä Enfall, wer jetz et näkste Wooet saare wüüed, sollt dä Huusdüür verrammele jonn. „Schönn!", sonns woor kee inzisch Wööetche mieh van demm beleidisch Fromminsch zo hüüere.

Dä Zofall wollt et, dat sich dobuuße em Schneijdrieve ene jonge Soldat verloofe hott. Hä sooh dat enkele Huus vörm Dörp, fong dä Düür net verschlooße on roofet en dä Stuev eren: „Kann mich hee ene dä Wäech noh Jivenich zeeje?" – Kenn Antwoot. Hä jing dä Trapp erop. En ee Zemmer schinget ä Käezeliet zo lüete. Hä trott en on blecket op ä Bett met ä apaat Fräuche, dat sich dä Zodecke bes zom Kenn huchjetrocke hott. Doneever em Püss konnt hä mar ä deck Plümmo senn. Su fröngklich wie et mar jeht, frooret hä ä paah Mol noh demm Wäech noh Jivenich. – Kenn Antwoot. Höm woor et evensu baschtisch kalt wie hä et baschtisch leed hott met demm stomm Wivvje. Schwubbediwupp – rötschet hä van dä Bettkank onger dä Deck, öm sich jet zo wärme. Et koam wie et komme moot. Et wuued höm net mar wärm, et wuued höm sujar heeß. Ofwohl dat lecker Fräuche sich zoiesch op kenne Fall röhre wollt, kreejt et dauch jau dä fleejende Hetz beij dä jeföhlvoll on hätzliche Aat on Wies van demm Kadett. Dä Kopp saat „Nee", et Liev saat „Jo".

Nohdemm dä Jalan sieh Möötche jeköhlt hott, sting hä op, evver net ohne alle Hellije för dä jefällije Ömwäech noh Jivenich jedank zo han. Koom woor dä Soldat fott, stüsset Cordula demm Moritz onger et Plümmo fass en dä Rebbe: „Du Mämm, du! Beste zo feisch jet zo saare, datte son Schändlichkeet vör ding Oore dölde kanns?" Moritz satz sich opräät, klatschet eemol en dä Häng: „Ha, han ich dich erwisch! Du has et ieschte Woot jesaat! Du has zoiesch dä Mull opjemaat! Du jehs dä Düür onge zomaache!"

Wo mer Wozzele schläät

Su kann et jonn. Vör Johr on Daach hat mer sich us dä Oore verloore, dann lööf mer sich paafdisch en Jülich en dä Kleen Kö övver dä Wäech. „Jo, Alex, beste et oder beste et net? Wat määst du dann hee? Ich erenner mich äsu donkel…, beste net damols Knall op Fall fottjetrocke?! Wie jeht et dich dann äsu en dä Diaspora?", fall ich höm em Ärm. Hä wüüer Jott sei Dank wier van Bielefeld noh hee eravjekomme, woor hä övver alle Backe am Strahle. „Weeßte, en Bielefeld läeve zehnmol su völl Minsche wie en Jülich. Evver op dä Jülicher Kirechhoff schink mich dubbel su völl Läeve zo senn wie en demm janze Bielefeld. Doröm hammer os en Rödinge ä Huus jekoof. – Allerdengs met dä Famellisch bliev et komplezeet." – Dat määt ene doch nöijierisch: „Wiesue? Verzäll!"

„Ich han ming Frau spoot kennejelieht. Wie de weeß, han ich mich iesch met 35 Johr jetrout, vör dä Altar zo träene. Helja, ming Frau, woor fröh Wettfrau jewuuede on es ä paah Jöhrches älder wie ich. Se hat en Dohter, die beij os Huhzick ad 20 Lenz zället. Jetz stell dich ens vür, dat jong Mädche, ming Steefdohter, verknallt sich en minge Papp. Dat es ä Ondeng! On dä ahle Jeck, dä seit Johre als löstije Wettmann joot uskütt, verkick sich en demm Jöckradiesje. Wat soll ich saare – kott donoh hant die zwei jehierodt. Et es koom zo jlööve, evver mieh Papp es nu minge Schweijersonn jewuuede. Ming Steefdohter es jetz zo jlicher Zick ming Steefmodder, weil se jo dä Frau van minge Papp es. – Waat, dat es noch net alles…

Monde spöder bekoam ming Frau Helja ene Sonn, dä janz autematisch dä Schwoorer van minge Vadder wuued. Emmerhen es dä Kleen jo dä Broder van demm sing Frau. Ich kreijt ene Päffermönzschlaach, wie ich dohenger koam, dat minge Stammhalder net mar minge Sonn es, hä es ooch minge Üem, denn hä es dä Broder van ming Steefmodder, alsu dä Frau van minge Papp, die jo wahl dä Dohter van ming Frau es."

Koom datte Luff jehollt hott, explezeet Alex singe Famellijekroos wigger: „Pass op! Et kütt noch besser! Donoh braat ming Steefmamm, dä Frau van minge Vadder, die jo zojlich ming Steefdohter es, evensu ene Jong op dä Welt, dä dodörsch zo minge Broder wuued. Dä Knauel es nämlich dat Sönnsche van minge Papp, allerdengs jenausu mich Enkelkenk, weil hä dat Jöngsje van dä Dohter van ming Frau es. Sumet es ming Frau Omma jewuuede; se es jo dä Jrueßmodder van minge kleene Broder. Alsu – ich ben net mar dä Mann van ming Frau. Ich ben evensu höre Enkel, weil ich tatsächlich dä Broder vam Sonn van hör Dohter ben. Do evver dä Mann van en Jrueßmodder emmer Jueßvadder heesch, ben ich suzosaare minge eejene Opa. Do beste paff, wa?" Booah, mich woor dä Kopp am Qualme. „…Leck mich… en dä Täisch", stroddel ich, „eens well ich dich saare: Ich weed nie noh Bielefeld trecke…"

WWW.MING-MASCHING.DE

„Du määs dich wier Jedanke övver onjelaate Eier", stüss ming Frau mich en dä Rebbe. „Du solls mar leever ens et Trottewar fäeje jonn!" Dobeij hott ich mar ens laut övver os jecke Welt semeleet. Se wolle os wiesmaache, dat dat „Sharing" – alsue „Job-Sharing" oder „Car-Sharing" – us USA kütt. Äsu ene Kokolores. Vör 20 bes 30 Johr hant dä Buure sich hee ad dä Mädreischere jedeelt. Et wüüer wahl ooch Kwatsch jewess, för ä paah Wääche em Johr, för dä Früet zo miehne on zo dreische, sonn düer Masching bloß för eene alleen zo koofe. On hü wolle se os dat Schäring för jet janz Nöijes verkoofe. Do laache jo dä Honder!

Zo övverlegge es wahl, dat beispellswies en Autoscheeß mar onjefiehr 50 Minütte am Daach jefahre widd. Dä anger Zick steht die Kess mar irjendwo notzlues eröm. Ich han mich do jet övverlaat. Os Kaffemasching zom Beispell. Die bruche mer am Daach hükstens zehn Minütte. Et morjens. Af nüng Uher kann ich die verlenne: www.ming-masching.de. Oder osser Rasemäher. Demm bruche mer bloß van Aprel bes September. Wer dä Miehner van Oktober bes Määz nötze well, meldt sich jefälles onger: www.ming-masching.de. Ich han ooch noch ene Schneijschieber em Schopp stonn. Van Dezember bes Määz jeht nix, donoh es dä freij. Infos onger: www.ming-masching.de. Villeich well eene en Zangbüesch deele. Ich bruch die Büesch jede Daach morjens fröh tösche Sechs on hallever Sebbe on et ovends van Ellef bes onjefiehr en Veedelstond donoh. Wer se dä anger Zick benötze well: www.ming-masching.de.

Op kenne Fall soll hee Opa sieh Jebess verjääße weede. Van ellef Uer ovends bes sechs Uer morjens könnt dat jeer ene han: www.ming-masching.de. Et moss allerdengs wier zicklich do senn, sons jitt et Brass. Ich han zodemm noch Mängtel, Boxe, Söck, Schohn on Ongerwäisch – Schießer Feinripp – zo verlenne. Ming Frau Agnes well ich eejentlich net deele. Se hat evver villeich ooch irjendjet, wat se för ä paah Stond afjevve kann… „Du Schauter, ich han doch suwiesue nix för aanzotrecke!", wenk se stonnsfooß af. „Liebelein, ich han ieher aan en Dröppelsminna oder ä Teesiebche för zwöllef Persuene oder sujet jedaat", maach ich däräk schönn Wäer beij demm Fromminsch.

Do fällt mich minge Mopedhellem en… Dä könnt ich jedem jeer för ronk öm dä Uher övverlosse, weil ich dat Deng wahrscheinlich nie mieh bruch. Ich jonn dovan us, dat os Poletiker dä Hellempflisch för Motorradfahrer wier afschaffe. Os zoständije Pappnase en Berlin han ich ene Breef jeschrevve, dodren deel ich denne met, wat ich erusjefonge han. Van oeve huch vam Kirechturm han ich ens ene Motorradhellem on donoh ming Wollmötz erav falle losse. Dat Erjebnis es oorefällisch on moss dat Vollek em Verkiehrsministeriom schwoor zo denke jevve: Dä Hellem es zerblötsch on enjedout. Dä hat ene richtije Totalschade. Doschään sitt ming Wollmötz us wie nöij.

A B C D E F G H I J K L M N O P Q R S T U V W X Y **Z**

ZO HEESS JEBADT

„Nee, Mattes, äsu kann dat net wiggerjonn met dich", es Heike am jrotze. „Kick dich doch ens em Speejel aan! Dich pass kenn Box mieh, kee Hämp. Du lööfs mar noch en labberije Dschogginganzösch eröm. Met Jummizoch öm dä Buch. On der es ooch noch zo spack am weede!" Mattes, dä Ihemann, hält doschään: „Soll ich dann ussenn wie ene Marathonlööfer oder wie Dschoggerinne?! Dat send doch alles Bonnestange… Vüüre komme se van Nüüß on henge van Jlattbach! Mer könnt beijm Aanbleck van denne, beispellswies op´m Radfahrwäech van Kirchbersch noh Aldenovve, denke, mer hödde en Hongersnuet em Altkrees Jülich." Nu jrief ooch noch dä Schweijermamm van Mattes fies en: „On wemmer dich äsu aankick, könnt mer meene, du wüüers schold dodraan."

Schään zwei Krawallmöijsche hat dä inzischste Mann em Huus met Secherheet kenne liete Stand. Ennerlich es hä am kauche; hä ballt dä Füüß en dä Taisch, öm net uszoplatze. Höösch wies hä dropp hen, dat Loofe süschtisch maache wüüed. „Dat wollt err jo wahl ooch net…! Do hant se för Dschogger en Orjanistzijuen jejröngk: dä ´AL´. Dat heesch dä ´Anonüme Lööfer´. Sujet wie dä ´AS´, dä ´Anonüme Sööfer´. Wer irjendwann dä Drang zom Flöck- on Wiggloofe net mieh afschöddele kann, rööf beij dä ´AL´ aan. Die schecke däräk ene Fachmann vörbeij, dä sulang met demm Loofsüschtije süff on pief, Schockelädche on Pralinches verkimmelt, bes dä Anfall vörövver es." Heike määt jrueße Oore. „Du has wahl zo heeß jebadt", deufelt dat Fromminsch jrad loss – do passeet et. Mattes lööf rued aan. Singe Kopp jlöht. Kalde Schweeß steht´m op dä Stier. Hä fängk am janze wabbelije Liev aan zo zeddere. Dä Been halde höm net mieh. Hä klapp zosamme wie ä Taischemetz. „O, Jott!", schreie Heike on Mamm wie us eenem Monk op. Mamm ielt en dä Köijsch, ä Jlas Wasser holle. Endemm rööf Heike dä Nuetaaz aan.

Et es noch ens joot jejange. Se maache all ä Krützzeijche. Mattes es demm Deufel noch ens van dä Schipp jesprunge. Dä Dokter nämmp sich dä Patzient allerdengs zor Bross: „Wenn err nix doschään donn wollt, kütt dä näkste Paaf bestemmp. On jlöövt et mich, dann könnt err duet senn. Et es onömjänglich, datter zoiesch ens däräk afnämme mösst. Wennijer ääße, kee Fett, kenne Alkohol, kenn Zerette! Vör allem: Bewejong, Bewejong, Bewejong! Et einfachste es, met Loofe aanzofange. Ich schriev üch zoiesch ad ens vee Wääche krank. En die kotte Zick könnt err 30 Kilo afnämme, wenn err Daach för Daach 5 Kilometer looft."

Mattes hat dä Knall jehuuet, hä deht, wat dä Dokter säät. Noh dressisch Daach rööf hä en dä Praxis aan: „Häerr Dokter, ich han ä Problem…" „Wat es dann?", well dä Medicus wesse. „Wie err jesaat hat, ben ich nu dressisch Daach, jede Daach 5 Kilometer jeloofe… Dä Knacknoss es, ich ben jetz 150 Kilometer van doheem fott!"

„Lieber Stammtisch als chaotisch", meint Mundartfreund...

und Ex-Büttenredner Georg Thevessen zum Herrn Jedönsrat. Auszug: JN/JZ

Foto: Guido Jansen

Herr Thevessen, Sie sind Vorsitzender der Jülicher Mundartfreunde, waren jahrelang Büttenredner und engagieren sich aktiv in etlichen Vereinen...

„...Lieber einen Verein mit Stammtisch als chaotisch. Dennoch bin ich kein Vereinsmeier. Aber ohne ehrenamtliche Arbeiten in den Vereinen, gehen sie wohl alle schnell die Rur runter."

Sie waren bei der Stadt im Sozialamt angestellt. Kann man diese Funktion nur mit Humor und Ironie ertragen, so dass Sie in der Karnevalsbütt ein Ventil öffneten, um manche Personen nass zu machen und tüchtig einzuseifen?

„Ich habe gerne Amtsträger, Funktionäre oder Stadtvertreter durch den Kakao gezogen. Klar, am liebsten habe ich die Politiker in den Schwitzkasten genommen."

Nach 17 Jahren in der Bütt – haben Sie keinen Tinnitus? Vielmehr einen Tätäänitus, einen ständigen Tusch im Ohr?

„Ich höre und brauche kein Signal in meinen Lauschlappen, um zu wissen, dass eine Pointe dem Gesprochenen folgte."

Als engagierter Bewahrer des rheinischen Dialekts übersetzen Sie doch mal bitte: „Os koffere Kaffekann hat aan dä Schlööt ene Blötsch?"

„Unsere kupferne Kaffeekanne hat am Ausguss eine Delle."

Eine uralte karnevalistische Weisheit: Was macht der Glaser, der Rosenmontag kein Glas hat?

„Ha! Der trinkt aus der Flasche!"

Also ich mache nach Karneval mit Alkohol, Muzen und Fritten immer zwei Diäten. Von einer wird man ja nicht satt. Wie fasten Sie ab Aschermittwoch?

„Gar nicht. – Wer will, kasteie sich forsch – aber ohne Thevessens Schorsch."

Zwei Ponk Äppel

Dat wollt hä onbedengk senn! Hä hott irjendwo jeläese, dat se en Kölle em Aprel 1922 et „Schauburg Lichtspielhaus" opjemaat hant. Em janze Dörp wooß kee Minsch, sich dodronger jet vürzostelle. Lohmanns Fritz, dä Fuss, demm se „Blaue" roofe, es dann em September morjens fröh lossjetrocke, öm sich äsu ä Kino ens us dä Nöh aanzoluuere. Ene Film „Hamlet" zeeje se wahl do et nohmeddaachs en ene Saal met Setzplei för övver 1800 Minsche. „För äsu ene Kroom wirp dä ´Blaue´ et Jeld zom Fenster erus", woore dä Döpslü mar dä Kopp am schöddele. „Dä Käel hat doch verkiehde Panne op´m Daach."

Nu setz Fritz fröh jenooch en dä „Schaubursch", staunt mar noch Bouklötz. „Denne kann ich jet verzälle doheem", sennt hä jrad, wie singe Buch aanfängk zo jrommele. Hä moss noh´m Klo. Mer zeesch höm dä Wäech. Fritz erbleck Speejelwäng, Posteling, Marmor... „Die wolle mich wahl veraasche hee... Nie es dat em Läeve ene AB... Wo es dann dä Donnerbalk?", övverlegg hä. Dat Jeschäffsche widd evver emmer nüedijer. Sing Därm send am brenne. Hä ielt flöck ussem Kino erus. Dä Blaue kick rääts, kick lenks...: „Hemmelzackere! Wo maach ich dann hee jrueß?" Do sitt hä en Bud met Obs! Hä kööf en Tüüt met ä paah Prumme, die hä stonnsfooß opköijt.

Fritz vertreck sich en en düstere Poezenfaht on määt ä Hööfje en die Tüüt. Jrad scheck hä sich aan, dä Tüüt fottzowerpe, do wenk höm ene Schutzmann eraan. „Wat hatter do?"

„Ääh, ääh, Äppel", stroddelt dä Fuss verschräck. „Wo hatter die jekoof?", well dä Schandarm wesse. „Do henge en irjendene Lade", zeesch Fritz op joot Jlöck henger sich. Dä Poliss hevv dä Zeejefenger: „Ou, vam Schmitz...? Do hammer ä Ooch drop! Dä betupp dä Konde luter. Dä wooch emmer verkieht. Wie völl hatter dann jejolde?" „Zwei Ponk", lüsch dä Blaue. Dä Schandarm treck höm am Mau zo dat näkste Läevensmeddeljeschäff.

Schmitze Schäng, dä Kriemer, strigg däräk af, „demm Häerr do" övverhaup jet verkoof zo han. „Ich han dä Käel noch nie em Läeve jesenn!" Öm en Kontroll vam Jewiet van dä Tüüt Äppel wüüed hä net erömkomme, zackerementeet dä Schandarm on röcket demm Schmitz jefiehrlich noh op dä Pell: „Emmerhen hammer üch ad ä paah Mol dobeij erwisch, wie err dä Lü beschesse hat, ömme net!" – Dä Wooch zeesch koom 1 Ponk aan. „Ich schwöör ene Eed dodrop, ich han met die Äppel nix zo donn!", versechert dä Kriemer. Endesse versöök dä Häerr Lohmann sich stickum zo verdröcke... „Halt!", bröllt dä Schupo, dä alles em Ooch hat. Jetz wirp hä ene Bleck en die Tüüt. „Iiiih! Zackerlot!", schubb hä met dä fusse Fritz, „dat kooß üch 20 Mark Stroof weje jroeve Onfuuch." –

Zoröck en sieh Heematkaff on en sing Stammkneip ´Aan dä Pötz´wolle se all wesse, wie höm dann dat Kino en Kölle jefalle hat. „Ä staats Kino en en schönn Stadt ... Sujet hatter noch nie jesenn", verzällt hä, „evver wenn de do wennijer kacks wie zwei Ponk, mosste 20 Mark Stroof berappe!"

Zweimol dä Wääch ä Fisternöllche

„Ich ben doch net beklopp", joov sich Flattens Luzie am Brölle, wie se höm en dä Zwangsjack jesteische on afjehollt hant. „Wenn ich verröck wüüer, hödde mich dat ming Stemme em Kopp doch secher jesaat!" Evver dä Lü saate fröhsch ad emmer: „Beste dörschjedriehnt, es et Jeckes net verkieht." Dobeij wooß övverhaup kee Minsch, wat met sonn ärm Deufele henger dä decke Muure van äsu en Anstalt passeet. Völlisch onbekank woor dem Vollek, wat ene Psücholoore oder sujar ene Psüchiater es on wat dä övverhaup määt. Dä Dokter Egon Mannsfeldt woor ene van die Zoet. Hä hott net mar ronk öm dä Uher met dä Bekloppte em Jeckes en Düre zo donn, nee, hä woor ooch dä ieschte en dä Jülicher Jäejend, dä en Praxis för Heelverfahre för Patziente, die ä Rad af hant, opmaachet. Allerdengs konnt mer aanfangs van dä seckzijer Johr met dä Psücho-Bäddel, met su ene Hokuspokus, bloß ä paah Pänning bes jar nix verdeene. Zom Stäreve zo völl, zom Läeve zo wennisch.

Wie endlich ene Patzient dä Düür erenkoam, woor dä Dokter sich ad vör Freud mächtisch dä Häng am Rieve, em Stelle et Jeld am Zälle. Dä Kond, ene jrueße Käel, maachet kenne schläete Endrock. Op jede Fall schinget hä kenne Ress em Kappes zo hann. Hä wirket villeich ä ützje onjelenk, entewell sujar ä bessje plomp. Evver beklopp, verröck, dörsch- oder övverdriehnt woor dä Bäer op Söck bestemmp net. Dokter Mannsfeldt frooret noh´m Nam on looß dä Patzient verzälle, watte dann för ä Problemche hat. „Ich heesch Rainer Beuys, ben 32 Johr alt… Ich schenier mich ä ützje zo saare, wat mich bedröck… Alsu – ich wüüed jeer met Heidi dat maache, wat verhierodte Minsche evens äsu em Bett maache… Hee en üer Praxis… On err kickt zo." Dä Sieleklempner kratzet sich am Kenn, ding äsu, als of hä nohdenke moss. Dat joode Eng woor, hä saat demm Häerr Beuys sing „Therapie" zo on dä Pries för jede „Behandlong".

Nu kütt dat Paah zweimol dä Wääch en dä Praxis schmuse. Wenn dann dä Hetz net mar em Hätz steesch, rieße die zwei sich dä Pluute vam Liev, öm en sich zo jonn. Dä Dokter hengerm Schrievdöisch kömmert denne beede övverhaup net; demm könne se dobeij janz verjääße. Hü soll dä Dokter Mannsfeldt demm Patzient Beuys ä nöij Rezepp för dä näkste Mont usstelle. Dä Sieleahz schriev dat Attess, well evver wesse, of die „Therapie" dann ooch hellepe wüüed. „Jo secher!", verzällt Rainer, „dat Heidi on ich, send verhierodt – allerdengs net metenander. Zo mich doheem könne mer net jonn, dann sprengk ming Frau mich am Kraach. Beij Heidi jeht et net, dann hammer demm singe Tuppes am Hals. On minge Käfer es zo spack för osser Fisternöllche. Jommer en dä Pangsijuen ´Edelweiß´ moss ich 30 Mark, em Hotel ´Waldhaus´ sujar 40 Mark berappe. Beij üch latze mer för een Stond bloß 20 Mark on hant ä Alibi. – On dä Krankekass jitt mich ooch noch 17,50 Mark dä Stond zoröck!"

ZWÖLLEFHONDERTDUSEND

Karin klopp kott aan dä Düür. Bevör dä Chef evver övverhaup „Piep" oder noch besser „Herein" saare kann, steht sing Sekretärin ad vör dä Schrievdöijsch: „Häerr Maybursch, dä Kond wäät nu ad övver 30 Minütte. Langsam evver secher widd dä Häerr Heinen zemmlich hibbelisch…" „Dann soll dä Käel en zwei Stond noch ens wierkomme", wies dä Chef dä Schrievkraff aan, „ jetz maach ich zoiesch Meddaachspaus…" Fuppdisch steht dä onjedöldije Kond en dä Düür: „Häerr Maybursch, ich han ming Zick ooch net jeklaut. Mieh Aanlieje es drenglich on kann van üch secherlich flöck afjesäänt weede."

„Jo, dann setzt üch", beent dä Filialleiter van dä Sparkass dä Häerr Heinen ene Stohl aan. „Woröm jeht et dann, wat net waade kann?" Dä Käel explezeet, datte miehrmols schrefflich en Aanfrooch för ene Kredit jestallt hött. Met singe Kolleesch hatte en Masching usbaldovert on jebout, wo mer Läevensmeddel erenschieb on op dä anger Sied ä fäedisch jekauch oder jebroone Ääße eruskütt. „Wemmer beispellswies Äepel on Öllisch met dä nuetwendije Jewürze do eren deht, kammer noh knapp zehn Minütte leckere Rievkooche mampfe. Die schmaache wie van Omma jemaat. Öm osser ´Kulinariomat´ en Serie boue zo könne, bruche mer ä Startkapital." Dä Kasseleiter spetz dä Uere, legg dä Stier en Falde: „Do semmer jo för do. Wie völl brucht err dann?"

Häerr Heinen rötsch met ´m Stohl noh vüüre: „Alsue – Hondertdusend wüüere vör dä Aanfang janz joot." „Woröm net däräk 200.000 Euro?!", haut dä Bankchef en Fuuß op dä Schrievdöijschplaat, „oder 300.000? Dat es doch kee Problem. Mer hant jo ene Jeldäesel. Dä schieß dä janze Daach Flocke. Wollt err dä Zaster en kleen oder jrueße Sching han?" Jrad setz dä Kulinariomat-Erfenger zor Antwooet aan, do bröllt dä Häerr Maybursch: „Wat stellt err üch vür? Erbleckt err hee ene Jeldscheißäesel? – Kaariin…! Dä Kond well jonn!" – Koom hat dä apaat Schrievkraff dä Häerr Heinen us et Allerhellischste vam Chef jeschooeve, do steht ene zemmlich opfällije Stänz en dä Düür: „Meester, ich red net lang öm dä Breij eröm… Ich bruch Schotter." – „Woför?" – „Ich han ä paah Jeschäffjes, alsue miehrere Hüüser met jong Fraulü. Allemol volljöhrisch. Völlisch lejal. Sonn Beschaffong van sonn Wivvjes us Russland widd emmer düerer. On do bruch ich nu zwöllefhondertdusend Euro." „Mhmm", dapp sich dä Kasseleiter am Kenn, „err meent 1,2 Millijuene, wa?! Dat es kenne Pappestell. Do weed ich net dröm erömkomme, mich dä Betriebe jet jenauer aanzokicke." „Secher", kniep dä Loddel ä Öösje zo, „err hat läevenslang freije Entrett on könnt üch üer Investitzijuene allzick jenauer aanluuere." – Dä Kassechef zöck dä Schrievfäer… „On üer Enkönnefte send beij os secher aanjelaat", schleeße se dä Vertraach af…

Do kütt dä Putzfrau met Emmer, Schrubber on Opnämmer en et Büro: „Häerr Maybursch, kann ich dä Schlössel för dä Tresoraum han? Ich moss do wier putze. On et es et jedes Mol äsu ene ömständliche Hangtier, die hoddele Stahldüür met en Hoornold opzomaache."

DANKSAGUNG

Allen Unentbehrlichen für dieses Buch danke ich für ihre Bereitschaft und Ihr außergewöhnliches Engagement:

Meiner Frau Waltraud für Geduld und Verständnis während des Enstehungsprozesses dieses Buches. Meinem Sohn Ben für die Gesamtgestaltung und den Satz des Buches. Meiner Schwiegertochter Eva Mischke für das Lektorat der Interviews und sonstigen Texte.

Den Redakteuren*innen und Mitarbeiter*innen der Dürener und Jülicher Tageszeitungen für die Bereitstellung ihrer Fotos: Sandra Kinkel; Caroline Niehus; Burkhard Giesen und Guido Jansen.

Den Interview-Partnern Prof. Tomasso Calarco; Heinrich Oidtmann; Kirsten Müller-Lehnen; Georg Thevessen; Hermann Josef Schwieren; Georg Beys; Uwe Willner; Ulrich Backhausen; Norbert Hillmann; Dr. Peter Jöcken (posthum).